文善——著

逆向誘拐

ぎゃっこうゆうかい

島田莊司——講評

景翔——導讀

關於「島田莊司推理小說獎」

華文世界近年來掀起了一股推理小說的閱讀風潮，大量日本、歐美的推理作品被譯介出版，也深受讀者喜愛，但以華文創作的推理小說相對來說卻仍然偏少。皇冠文化集團為了鼓勵華文推理創作，並加深一般大眾對推理文學的討論與重視，特別徵得日本本格派推理大師島田莊司先生的同意與支持，舉辦兩年一屆的「島田莊司推理小說獎」。

這項跨國合作舉辦、堪稱全亞洲空前創舉的推理小說獎，自舉辦以來，不但獲得日本、台灣、中國大陸、東南亞等各地讀者和媒體的高度重視，甚至將觸角擴展到了歐洲，成功地將華文推理創作推向另一個新的里程碑。

誠如島田大師的期待：「向來以日本人才為中心的推理小說文學領域，勢必將交棒給華文的才能之士，我可以感覺到這個時代已經來臨！」我們也希望透過這項小說獎，吸引更多作家投入推理創作，一起將華文推理推廣到世界各個角落。

誘拐之正反與明暗設計

（本文涉及謎底與部分詭計，請在讀完全書後再行閱讀）

資深影評人・譯者／景翔

在《逆向誘拐》中，作者運用了大量金融和財務方面的專門知識，有些屬於虛構，也有些非常實在，虛實交織使可信度大為提高，尤其是虛構部分皆有所本，再加以臆測而形成具有前瞻性的理論和概念，而且幫忙的電腦專家在金融方面不是強項，所以有很多專家為之解說，這些深入淺出的說明也正好讓一般讀者得以了解，是很用心的設計。然後還有商場上競爭的種種策略與合縱連橫的關係，乍看之下很像一本精采的商戰小說。

但是這本以「誘拐」為題材的小說，在主題上有更精彩的設計，書中的誘拐案件不是一樁而是兩件，一在明處，一在暗中，兩案同時進行，讀者卻和當事人一樣只看到在明處的那一案，直到真相大白時才發現原來不只一個案子。單是擺在檯面上的誘拐案在設計上已經和一般的綁架案件大為不同，標的物不是可愛的孩童、家財萬貫的富人、或甚至於如西村京太郎《華麗的誘拐》中全體日本國民一樣的「人質」；而是一個牽涉到商場變化的檔案。這使得警方處理起來和以前的類似經驗大相逕庭，雖然可能發生的

「撕票」行為一樣是會造成被害人莫大的損害（這是不論正向或逆向誘拐都有的惡劣本質）。至於在暗中進行的第二個案子，則更見巧思：從某個角度看起來，差不多所有參與第一案的人，包括警方和當事人在內，再懵然不知情的情況下都相當於「共犯」。而且整個案子的進行由表面上卻幾乎看不出來。像這種實有若無的寫法，以我個人不那麼豐富的閱讀經驗看來，似乎還沒有人用過這樣的設計。

一般以誘拐為題材的小說，除了極少數是寫受害者與綁匪之間所謂斯德哥爾摩情結之感情糾結以外。大多數都著墨於贖金的交付和收取。因為無論警方或匪徒都會把這一點視為成敗的關鍵時刻。然而在《逆向誘拐》一書中，這一方面卻有令人意想不到的安排，但是這種安排又和書中所說的金融理論與概念互相符合。得到統一的效果。

在人物的塑造方面，作者不僅把幾個主要腳色寫得十分鮮活，也寫出了現在年輕一代人的特質。小說技巧也頗為突出。使這本書不只設計精彩而且可讀性極高。

電腦已成為人類生活中不可或缺之物，手機更是日常生活中的必需品，二者之間的互相結合更能在速度和效率方面提高。在目前電腦虛擬網路世界越趨發達的今日，一般人對科學知識與便利性的渴求，湊熱鬧的心理以及盲目地跟從更成為現代人的特色。虛擬貨幣與現實錢幣之間界線的模糊對金融可能造成的影響，還有所謂「動員」或「投票」等行為的可能被利用等等，應該都是在讀《逆向誘拐》這本書後可以加以省思的地方吧。

0

好無聊。

偌大的大學活動室中，男孩坐在地上，身邊圍著一疊疊的小冊子，雖然耳朵塞著耳筒聽著音樂，可是男孩還是感到有那種悶氣在自己身邊陰魂不散。

「如果不是為了履歷，我才不會幹這樣的事。」男孩喃喃說著，他還彷彿聽到有回音。

男孩在唸大三，本來他自己沒有想過，但父母要他想想畢業找工作的事。他就上網查看了些討論區，有很多人都說大學畢業生找工作時，經驗很重要。

既然是大學畢業生，又哪來工作經驗啊？

男孩不是沒有賺到錢，只是他賺的錢都不是打工賺回來的——有一次經濟學的老教授提供了過去十五年的考試卷讓同學溫習。而男孩卻寫了個程式分析了那些考試題目，計算出幾份溫習了便一定合格、80％機會拿C、80％機會拿B和80％機會拿A的題目清單。本來教授提供那些題目是讓同學好好溫習的，但那老頭壓根沒想過男孩會這樣做，還大賺了一筆，為此男孩被教授訓了一頓。

「我沒有做錯。」男孩辯解。「那些考卷在大學網頁供人下載，可是你不可以控制我怎樣用。你沒有註明版權，我的程式也是自己寫的。」

教授當然對此沒轍。

最近男孩還成為了手機新系統的首批測試用家，那更像是開啟了一道大門，大概是因為個人資料被賣了給宣傳人員，之後男孩便收到很多不同的測試或是遊戲邀請，不過因為參加這些遊戲和調查都會有報酬，所以男孩對這些邀請都來者不拒，所以他都不愁零用錢。

不過為了所謂的工作經驗，男孩還是在大學找到一份名為「活動助理」的打工，不過說到底其實是打雜。明天有個講座，資料一共有四款小冊子，因為印刷延誤所以下午才送來，男孩的上司要他檢查清楚是不是每款一百份。

男孩才不想每款都逐一檢查那麼費時，於是他量度了每份的厚度，再量了全部的厚度。

「大約少了五份。」他對上司說。

「大約？」

聽了男孩的解釋後，上司立刻光火。

「只是五份而已嘛。」男孩反駁。

「那你怎樣知道不是小冊子A多了五十份，而小冊子B少了五十五份？你給我老老實實每款數清楚！」

這就是男孩現在做的事，把每款小冊子數一次，再疊好準備明天的活動。有夠無聊的。

他拿出手機，可是沒有任何動作。給別人知道他現在做的事會很丟臉呢，還是不要「報到」了，他想。然後他把其中一疊小冊子當枕頭，打開了個手機遊戲程式玩起來。那是用一隻手指在手機屏幕掃動控制著角色的動作，一直跑的角色要避開各樣的障礙。

好無聊。

男孩也覺得這是很無聊的遊戲，但不知怎的這個遊戲在全世界都大受歡迎，男孩所以也用了三美元九十九仙買了這個遊戲。

哪天我也寫個甚麼無聊應用程式吧，賣兩元，只要全球有一百萬人下載我便管他的甚麼工作經驗了。

叮！那是有新電郵的聲響。

「不要再做沉默被欺負的國民，我們需要你來聲援本土經濟！」

說得真好聽，反正又是甚麼遊戲或是甚麼調查的邀請吧。

男孩打開電郵，讀完後，他毫不猶豫的在屏幕按了「YES」的連結，之後便等待下一步的指示……

男孩站在高級飯店前，躊躇著要不要進去。大學裡好些女孩喜歡來這飯店吃英式下午茶，可是他一次也沒來過，他也沒興趣和那些女孩交往。看到站在很有氣派的大門兩邊的看門人，男孩真有點被唬嚇到，右手不經意捏緊手中的信封，意識到後男孩連忙放鬆，但淡黃色信封已經有點皺了。如果不是信件有點厚度，大概整個會皺成一團了。

男孩利用旁邊的旋轉門，避過要應付那些看門人，然後直走到櫃檯。

「您好！」櫃檯小姐用開朗的聲調問他。

「我有些東西，請妳替我交給一位將要入住的客人……」男孩看著那女孩，應該和自己差不多年紀吧，是打工的嗎？

「沒問題，你可以寄放在這裡。請問那人的姓名是？」

男孩說出那人的名字，還有入住日期。女孩用電腦查了一下，很快她便露出職業微笑。

「是的，他將會在三個月後入住……你現在要把東西寄放在這裡？」

「嗯，我遲些會出國。」

「原來如此。」女孩像是鬆了口氣般。「你要放在這裡的東西是？」

「是這個。」男孩把信封遞給女孩，她笑容可掬的收下。

「對了，」女孩叫住正要離開的男孩。「讓我貼個便條貼在上面，萬一到時候我不在，我的其他同事也知道這是誰放在這裡的。請問閣下的名字是？」

「crazygroove。」男孩說完就後悔了，crazygroove 是他的網名，雖然認識男孩作為crazygroove的人一定比認識他本人為多，但在這種高級飯店，這種名字好像不大搭調。他留意到站在女孩旁邊、替其他客人辦理入住手續的年長男人也看了他一眼。

沒想到女孩還是掛著那甜美的笑容：「沒問題，請問crazygroove是一個字還是兩個字？」

「呃，一個字，全部是小寫……」男孩頓了一下。「還是不用寫名了，他知道是我寄放在這裡的。」

離開時男孩看到櫃檯女孩把信封放在櫃檯的一個角落，看來那是給飯店住客的留言口訊還是甚麼的。

「那個」放在那裡，真的沒問題嗎……？

1

星期三，8：00AM。

Professionally Everything。

淺藍色的背景，配上不知是橙色還是棕色的英文字母「A&B」，然後下面是小一點的字體，寫著「Professionally Everything」。

究竟自己盯著這電腦屏幕多久呢？植嶝仁不禁想著。好像只是五分鐘而已，但卻像一小時那麼久。

一陣香氣傳來，是剛烤熱塗了很多奶油的吐司。

「嗚——」一聞到奶油的氣味，一陣噁心感便從喉嚨湧上來，植嶝仁連忙捂著嘴。

上次宿醉是何時的事呢？其實也不是太久，只不過是上星期的事而已。是的，自從大學畢業搬出來以後，本來已沒有再出去玩了。從前那些每個星期都會一起出來玩的朋友，已沒有一個仍和植嶝仁連絡。可是自從在這裡上班以後，最近幾個月植嶝仁不知怎的和一些年輕的分析員和經理混熟，他們經常邀植嶝仁去喝酒。植嶝仁不是唸商科出身，他壓根兒沒想到那些分析員那麼能喝，而且還是每一個也那麼能喝，所以很多個週末他都是宿醉度過的，只是在平日宿醉還是第一次。

難道能喝就是成為「金融才俊」必要的條件？

「乾～」——昨晚此起彼落的歡呼聲又在腦中響起。

「喂，阿植，在發甚麼呆？」坐在隔鄰的阿祖問道。「給那幾個新人的筆記型電腦預備好了嗎？」

「嗯，對不起，馬上就好了。」匆匆呷了口咖啡提神後，植嶝仁在內聯網上把基本軟體安裝到眼前那筆記型電腦上，正要去處理下一部電腦時，桌面震動的觸感傳來，原來是放在桌上角落的手機在震動。

又是那些無聊的電郵哪，植嶝仁心裡邊咕嚕著。按下刪除鍵後，他順手把手機放回桌子的角落。

植嶝仁在跨國投資銀行A＆B的IT部門工作，雖說這個T市辦事處是本國最大的辦事處，員工足有過千人，可是這個辦事處的IT部門也只是植嶝仁和阿祖兩個人。因為很多支援的工作要不已經轉移到印度的辦事處，有些更是乾脆外判了給其他公司。由於所有員工都是用筆記型電腦，而且在投資銀行界，特別是像這種國際性的公司，員工流動性非常高，所以植嶝仁他們日常的主要工作，除了把有問題的電腦送去外判公司修理外，就是給新入職的員工準備電腦，和清理離職員工歸還的電腦的硬碟。

「阿植，聽說昨晚你去了派對呢。」阿祖邊敲打著鍵盤邊說著。植嶝仁沒有英文名，可是阿祖都叫植嶝仁做「阿植」，因為嫌他的名字太難唸。

「啊，嗯。」植嶝仁應著。「那些分析員叫我去的。」

和植嶝仁常常去喝酒的那班分析員當中，其中一名經理這個週末結婚，所以今天開始放假準備婚禮，本來大夥也想早些辦單身派對的，但是準新郎一直在忙，所以只能約在最後一刻，也就是昨晚才有時間。雖說是單身派對，但是一些女分析員也有參加。

想起昨晚的派對，一陣想嘔吐的感覺又湧上植嶝仁的喉嚨。

醉酒還好，可是昨晚……

「你好像和他們走得很近嘛。」阿祖沒有停止揶揄他。植嶝仁知道他看上了一個新入職的女孩，可是苦無門路結識她。省省吧，植嶝仁偷偷地藐笑了一下。那女孩雖是剛入職，可是作為初級分析員的她薪水和幹了五年的阿祖應該差不多。也不用說阿祖這副尊容……

「聽說他們拼酒拼得很兇的，看你！」阿祖酸溜溜的說著。

不用說我也知道，植嶝仁按了按太陽穴。那些分析員平日工作壓力也許真的太大，拼酒時比不知節制的大學生還瘋，而且他們有一套無聊的遊戲規則，開始前每個人都要在紙上寫上拼酒輸了的懲罰，然後每次輸了的人就要從中抽出其中一項。他們寫的當然沒有甚麼好事，輕則被拔鼻毛，重口味的有要用口解開另一男同事的皮帶，植嶝仁就試過要開口問女侍應要她正穿著的內褲，最後當然是拿不到，拿到他才不知如何是好。

不過也是因為植嶝仁不介意這樣玩，才能常常被邀。

「怎樣？是不是後悔沒有進金融這行啊？」想起昨晚那個滿臉通紅的小男生說的話，他那噁心的鼻息彷彿又在植嶝仁的頸項掠過。

「你啊！你知不知道，我啊，我是T大商學院一級榮譽畢業的！你知道我昨晚整夜在做甚麼嗎？報告草稿A，草稿B，整晚我就是在比對兩份文件！這種工作，需要一個擁有T大商學院學位的人來做嗎？」

植嶝仁入職已三年，對A&B的業務也略知一二。因為完成報告前步驟繁多，而且時間有限，一些不需要太多經驗的程序很多時都會由新入行的新人來做，而那些程序往往都是看起來毫無難度可言的沉悶工作。

這幾個月來，植嶝仁已不知看到多少初級員工喝醉了在投訴不被看重。他們都是一流大學畢業，以為可以一展身手，卻被分發到做這些看似高中生也能勝任的工作。

本來植嶝仁對這些「小朋友」都會視而不見，可是昨晚準新郎一早醉了，而這個新來的男生卻特別難纏，還要和植嶝仁比賽喝酒。

要是由我來接受他無聊的挑戰便好了，植嶝仁在後悔。

「阿植。」傳來女孩的聲音。

IT部門是個連窗也沒有的小辦公室，植嶝仁和阿祖和其他後勤部門一樣，是隸屬行政部，而且因為一般問題都是由外判公司處理，所以他們和職員交集的機會少之又少，平日很少有人來。

阿祖瞄了站在門前的女孩，然後翻了一下白眼後便把注意力回到面前的電腦上。

「小儒……有、有甚麼事？這麼早。」植嶝仁走到門口前。石小儒是初級分析員，就是幾個月前開始邀植嶝仁下班後去喝酒的其中一人。分析員的頭銜聽起來好像很高，但其實她應該只有二十五、六歲，還有點嬰兒肥的圓臉看起來仍像個大學生。植嶝仁雖然沒有問，但是他認為石小儒不是很小的時候便移民過來，就是在這邊出生的，因為植嶝仁聽不出石小儒的英文有任何口音。「對了，妳還有沒有不舒服？」

昨晚石小儒也有參加那個單身派對，到場沒多久植嶝仁發覺她不大妥，原來她有點感冒。

「好多了。呃……你對內聯網的事在行嗎？」石小儒壓低聲音說。

「嗯。」植嶝仁點頭。

「有點麻煩，想請你幫忙。」

「那……妳進來吧。」

植嶝仁帶石小儒到自己的座位，並拉了張椅子給她坐。

「如果……在內聯網的檔案被刪除了，是不是也能還原的？」

「可以啊，每天我們公司都會把檔案做備份。只要在那裡找回備份恢復就好了。原來的檔案是在哪裡？」植嶝仁雙手放在鍵盤上，一副做好準備的樣子。

石小儒說出檔案的路徑。

植嶝仁在打開備份檔案夾時，不自覺的打了個呵欠。

「你昨晚玩得很盡興呢。」石小儒笑著說。

「妳還好意思說啊？」植嶝仁搔搔頭。雖說因為喝得太醉，有很多事情也記不起了，可是他還依稀記得，自己拒絕了那男生的挑戰後，他轉而要石小儒和他拼酒，不在狀態的石小儒當然輸了要受罰，可是她看到自己抽到的懲罰後一臉為難，坐在她旁邊的植嶝仁便逞英雄說要代替她受罰。

「有人把照片傳給我了。」石小儒得意的展示著手機中的照片。照片中被蒙著雙眼的植嶝仁坐在椅子上，雙手被反綁在椅背後面，旁邊站著個也是投行分析員的女同事，一副虐待狂女王的模樣。

「你為甚麼有那種奇怪的表情啊？」石小儒笑著。

「難道要我露出很享受的表情嗎？我又不是被虐狂。昨晚大家也喝了很多呢……」石小儒吃吃地笑。「讓我把照片傳給你留作紀念吧……」她邊說邊快速地在按手機屏幕中的鍵盤。

那種醜態，不看也罷。植嶝仁想著，心思則回到了電腦屏幕那邊。

「奇怪了……」植嶝仁盯著屏幕，右手不停的敲著滑鼠按鍵。「在備份硬碟中找不到妳說的檔案。」

「不會吧……」石小儒皺一皺眉。

「那個檔案妳是何時存檔的？」

「這個……我是昨晚回到家才開始做的，完成工作後才放到內聯網上。」

「昨晚妳還在工作？妳幾點放上去的？」

「凌晨三點左右吧，昨晚的派對我十一點便離開了，從十二點開始工作……怎麼了？不是沒有吧？我是用剪貼功能放上內聯網的，硬碟的備份也刪除了……」

「三點多啊，難怪。」植嶝仁轉過來，他已放棄在備份中搜尋。

這時桌上的手機在震動，他邊說話邊輸入開鎖密碼。「公司每晚做備份是在晚上十一點。十一點以後的改動，第二天才會備份……呃？」

「嗯？」

「小儒……妳寄了甚麼照片給我啊？」石小儒寄給他的，竟是她穿著火紅色的比基尼躺在床上的自拍照。

「哇，我寄錯了另一張照片！」石小儒不知所措的搶了植嶝仁的手機。

「好啦好啦，我會刪除它的……」植嶝仁裝著若無其事，可是他把坐著的椅子滾前一點，讓下半身都藏在辦公桌下。

不能給石小儒看到……

「我才不信你！」石小儒轉過身背對著植嶝仁按著他的手機，深怕植嶝仁會再看到那照片似的。

「等等，小、小儒……還、還有一個可能，」其實植嶝仁也很想躲起來，因為看到照片的一瞬，他好像有點生理反應。「就是昨晚或是今早不知是誰錯把檔案移到別的檔案夾，這個很多時候也會發生，我可以啟動搜尋，不過會需要一點時間。另一個辦法是，在備份檔案中找回前一天的檔案，然後重做昨天的改動，這可能是最後折衷的方法。」

「沒有前一天的檔案，我們也是昨晚才從客戶那邊收到的，那個分析我是派對後回家才開始，本來打算完成後今天放進報告中……」

「那是甚麼檔案啊？」

「那是計算客戶融資後模擬現金流量的 excel 檔案。」石小儒的聲音壓得異常地低，顯然是不希望植嶝仁以外的人聽到。

「模擬？現金流量……」

石小儒尷尬的笑了笑。「對喔，忘了你不是唸金融的。這個……很難解釋……」

看著石小儒臉色也白了，植嶝仁忍不住問：「那個……很重要的嗎？」他在猜，那一定是很重要的檔案，所以檔案不見了這事她只有靜悄悄的來找他幫忙。

石小儒點點頭。「這個星期五要把報告的草稿提交給客戶，要在下個星期五的董事會通過新一輪的融資方案。」

植嶝仁看了看電腦屏幕顯示的日曆。「今天是星期三，還有整整三天……」雖然他不是分析員，但這幾個月來他從那些一起喝酒的分析員那裡聽過他們如何日以繼夜去趕著在限期前完成工作，就像昨晚那個準新郎，還有少於一星期便要舉行婚禮，可是還是忙得不可開交。

「還不只那樣，那個檔案……」石小儒還想說甚麼，可是被口袋中傳來的手機鈴聲打斷。「喂……呃，是，我是。嗯，好，我現在就來。」

「怎麼了？」看到石小儒皺著眉一臉擔心的樣子，植嶝仁問道。他努力做出關切的樣子，因為他要掩飾其實他腦中浮現的是石小儒那誘人的比基尼照這件事。

為甚麼石小儒會拍那些照片？植嶝仁知道女孩子買了新衣服都會喜歡穿起來拍自拍照，可是不會在床上拍吧。

「阿植，你可以繼續找那個檔案嗎？我那組的副總裁打來，我還要去解釋檔案不見了的事。」

看著石小儒離去的身影的植嶝仁，還不知道會被捲入不得了的事件中。

2

星期三，8：30AM。

當約翰‧栢克放在儲物櫃的手機震動時，他正在更衣室才剛把領帶打好。

每天早上七點來到位於T市中心地下街的健身房，已成為約翰上班前的習慣。也是多虧這習慣，年過五十的約翰看上去還很精神健碩。可能是昨晚看文件看到很晚，今早起床時也有點掙扎。雖然有一刻想過暫停一天，可是約翰知道，只要停過一次，以後每天也會給自己藉口不來。

他抓出放在儲物櫃深處的手機，在他洗澡時一共來了五個新郵件。大部份都是一些訂閱的新聞資訊。

約翰是A&B的高級副總裁。時值十一月，本來很多企業併購買賣等在這個時候已經完成，而且因為接近年底，企業大多也不會在這個時候有任何動作，所以一般來說這個時候應該比較清閒。可是最近約翰手中的大客戶昆恩特斯要趕著尋找投資者，所以他也不得已忙起來。

這時來了個人打開附近的儲物櫃，是個全身赤裸，只圍了一條毛巾遮蓋著下身的年輕小伙子。約翰認得他，每天這個時候他也是剛洗完澡來更衣。看到約翰拿著手機，男生微笑點點頭。

「最近公司很忙，總是大早就有很多電郵。」約翰好像在向男孩解釋。

「嗯。」男孩應了一下，隨即從儲物櫃中拿出手機，他按了幾個鍵，然後滿意的邊哼著歌邊把手機放回去。

男孩剛剛又在社交網站「報到」了，約翰曾經偶然看到男孩手機的畫面，每天男孩好像都會在社交網站報到自己的位置，要不就是貼出自己跑了幾公里，每天如是，甚至是連衣服還沒穿好便先上網。為了不讓男孩誤會自己也是這樣，約翰才會那樣急著解釋自己是在看電郵。

「對不起，」男孩突然走上前，把手中的手機遞給約翰。「可不可以替我拍個照？」

「呃？」約翰看著眼前連僅有的圍巾也褪去的男孩。「這樣？」

「哈哈，不不，不是拍那裡，是這裡。」男孩笑著指著小腿說。原來男孩把小腿的腳毛剃出一個「T」字。「你可不可以在那邊拍過來，要看到整條小腿的。」

「啊，好。」約翰接過男孩的手機，有點尷尬的把鏡頭對準男孩。難怪他要約翰幫忙，自拍是沒可能拍到整條腿的。

「麻煩你了。」男孩說著把照片放到社交網站。「這次一定破點擊率！」

看到約翰一臉迷惘，男孩連忙說：「你不知道『T市百腿』？」

約翰搖搖頭，男孩的表情像是說「為甚麼你竟然不知道？」

「『T市百腿』是由一個住在W市的女孩開始的，她在網頁寫下W市男孩的腿很性感的留言，有T市的人對此感到很不滿，便發起了『T市百腿』的活動，讓T市的男孩拍下自己的腿放在群組的網頁上，並讓人評分，現在已經有差不多五百人了……你要不要也參加啊？」

「不不不。」約翰笑著揮手。又真夠無聊，約翰心想。公司不少年輕職員也是像這男孩一樣，其實已經二十多歲，卻還是個孩子。不過約翰也沒有特別感覺，他提醒著自己，畢竟時代不同了，不能要求年輕人跟著自己從前的舊路走。再者，要不是現在蓬勃的社交網站和手機平台，他的業務也不會蒸蒸日上。

約翰的專門是科技產業，二十多年來參與過不少行內的大併購，幾間龍頭企業的高層和他都有往來，昆恩特斯就是其中之一。

他盯著全身鏡中自己的裸體。皮膚的質素當然沒有三十歲時那麼好，可是身上一點贅肉也沒有，這是約翰引以自豪的，也是他堅持要每天上健身房的動力。因為專門是科技行業，約翰下意識覺得要一副醒目的樣子才能給客戶信心。

約翰把視線轉回手機的屏幕上。

K Kidnaper——收件箱出現這樣的一個寄件人名字，地址也是網路上的免費郵箱。約翰下意識的想按刪除鍵。準是那些垃圾電郵，約翰這樣想。可是看到郵件主題那欄時，他止住了手的動作。

因為郵件的主題是「昆恩特斯的融資計劃」，旁邊有個迴紋針的符號，表示郵件有附件。

昆恩特斯是一間專門開發應用在家庭電器上的軟體的公司，而且是市值差不多幾十億美元的大企業。多年來約翰領導的小組都包攬了昆恩特斯金融諮詢的工作，而這三個月來他們忙著的，正是對昆恩特斯十分重要的融資計劃。由於這些都是商業機密，就連公司小組外的同事也不會知道。

為甚麼這個人會知道昆恩特斯要融資的事？

現在看到這個奇怪的電郵，約翰的心不禁沉了一沉。可是很快他便想到一個解釋，一定是有下屬把工作帶回家然後錯用自己家用的免費郵箱寄給他。

K Kidnaper。

那會是誰？這樣亂七八糟的名字，說不定是實習生。放下了心的約翰，在手機上開始閱讀那郵件。

3

星期三，10：00AM。

「打電話給亞雪妮，要她召集我們那組人待命，還有問她可不可以找個電腦專家回來。」唐輔吩咐著。

「Yes sir！」保羅・舒默挺直腰板敬禮後，便快步離開房間。

「不好意思，新人就是這樣。」唐輔向約翰・栢克苦笑，他故意這樣說，因為剛才他眼角瞄到約翰對保羅那樣大聲感到不大高興。

要盡量低調——這是約翰在電話中對唐輔的要求，他不想警方來公司的行動驚動其他同事，所以唐輔只帶了一個下屬來。

「新人就是這樣的了，慢慢教吧。我才不好意思，要你這樣過來。」約翰・栢克呷了一口紅茶。「沒想到我們會在這種情況下合作。」

「嗯。」唐輔整理了一下領帶，平日他很少穿西裝，不過既然要來金融中心，為了不引起注意他也穿起西裝來，可是這身打扮當然給約翰那套量身訂作的西裝比下去。

「不好意思，要你親自過來。這件事完結後，要好好搞一次同學聚會。」約翰看著窗外。

「好啊，從前足球隊的傢伙看到我們一定羨慕死的。」唐輔笑著用手背拍打著約翰結實的腹肌。「前陣子我碰見法蘭，他像個有五個月身孕的女人。」

「這個年紀，不用功不行。」約翰苦笑。

唐輔和約翰是高中同學，因為都是足球隊員而變得很投契。約翰從高中起成績就名列前茅，大學畢業後加入了一所著名的國際會計師事務所，並順利考到會計師的執照，之後他立刻找到在一間小型投資銀行的分析員工作，一邊工作一邊唸ＭＢＡ，最後落腳在Ａ＆Ｂ，四十歲前升到高級副總裁的位置至今。

唐輔的父母在他唸中學的時候從香港移民來到Ｔ市，因為英語不是太好，而且在香港時也不是特別會唸書，唐輔的功課也一直是僅僅合格，可是他的足球踢得很好，也因為這樣加入了校隊，並和約翰成了好朋友。本來唐輔也想和約翰一樣上大學唸金融，可是高中最後一年父親突然離世，唐輔也就放棄上大學，並考入了警隊。

雖然他和約翰的人生是這麼南轅北轍，可是他們一直維持著友誼，也許正因為各自的事業太不同，反而讓他們沒有利害關係。

「話說回來，真的……沒問題嗎？」約翰輕聲問，唐輔聽得出他有點擔心。

「嗯。據我經驗，惡作劇的機會很大。」唐輔堅定的說，希望能讓約翰對自己有信心。

「那你又在局中部署？」

「小心駛得萬年船。」唐輔把中文古語硬翻成英文，約翰不禁笑起來。

約翰會笑，表示他和自己想法一樣，也認為是惡作劇。唐輔再看一看手中的紙張，那是從約翰的電郵列印出來的。

今天一早，約翰收到一封從免費網路郵址發出的奇怪電郵：

「我已綁架了貴公司對昆恩特斯未來的現金流量分析，包括正在開發的系統的一些假設。如果不相信的話，請看一看這電郵的附件。

「明天前請準備十萬美元，否則這些資料便會在星期五收市前公開。

「附上一個電郵地址和登入密碼，登入後你會看到收件箱有三個郵件，裡面有詳細的指示。請在星期四下午六時打開郵件一，星期四下午十一時打開郵件二，星期五下午二時打開郵件三。

「請務必遵守打開郵件的時間，否則後果自負。」

寄件人——K Kidnaper——綁架了昆恩特斯的人，說他「綁架」了昆恩特斯的財務資料。勒索電郵中的附件，約翰確認了那是昆恩特斯的內部資料。電郵中附有另一個免費郵箱的地址和登入密碼。他們按著密碼登入了那個帳號，收件箱果然有三封未讀郵件，都是 K Kidnaper 寄來的。

雖然唐輔平日也不大留意金融新聞，可是和很多國民一樣，他當然知道昆恩特斯。昆恩特斯可說是本國企業的新星，它本來是一間研發通訊設備軟件的小型公司，後來憑著累積的經驗開發特有的通訊系統，連接了手機和家居中的設備，即使不在家也可以操作，和好幾間大型家庭電器生產商也有合作關係。唐輔家中的吸塵機就是具備那種功能的其中一項產品，通過手機就可以控制吸塵機，就可以趁午飯或通勤時間清潔家居。

而昆恩特斯最令人矚目的，是三年前它收購了夫路茲——一間本土手機製造商，銳意加入手機硬件的市場。這三年來，昆恩特斯已成功把家居生活的通訊系統和旗下生產的手機整合，並和不少歐洲和亞洲的手機生產商結盟，現在昆恩特斯在市場上可說是和日本和韓國的手機生產商三分天下。

一個月前，昆恩特斯的最大勁敵剛發表了新型號的手機，市場一直留意著昆恩特斯的動靜。這個時候任何消息，不論正面還是負面，都會牽動全國人民的神經，也會令股價波動。

所以一接到恐嚇信，約翰・栢克便打了通電話給唐輔——他在警隊任職的多年老朋友。唐輔也十分明白，約翰不想張揚的意思。

唐輔第一個反應是認為是惡作劇。十萬美元，以綁架案來說，贖金金額太少了，在T市連個小公寓也買不到。可是約翰還是放心不下，要請唐輔過來事務所。

「約翰，勒索信中所說，昆恩特斯的未來現金流量的預期和新系統的設定，是甚麼來的？」唐輔一邊問一邊簽約翰給他的文件，那是限制披露的協議。因為唐輔他們會接觸到機密資料，所以約翰請他和保羅簽署同意不會向外披露內容。

「嗯，昆恩特斯正在進行融資計劃，要在下星期五的董事大會通過，我們正為這項融資提供諮詢服務。」

「那……董事們都有那個融資方案的草稿嗎？名單可以給我嗎？」唐輔打算一會讓亞雪妮的小組去查。

「沒可能，因為我們還在撰寫那個報告，星期五才會把草稿交給昆恩特斯的管理層。」

「那，昆恩特斯中有沒有可能接觸到有關資料的人？」

「財務部的高層都會。」

「你認為有沒有可能安排我去見一下他們？」

「這個……有點困難……我可不想讓客戶那邊知道這件事。」

「你不想通知昆恩特斯那邊有關綁架的事嗎？」

「不，不能給他們知道。」約翰斬釘截鐵地說。「這可是非常機密的資料，我希望可以在不讓外界知道的情況下盡快解決。如果給客戶知道他們的資料這麼輕易便被『綁架』，這會讓我們誠信破產，而這行最重要的，除了才能，就是誠信。」

「那……Ａ＆Ｂ內部有甚麼人能接觸到這份資料？」唐輔有點苦惱，Ａ＆Ｂ是規模不小的公司，如果每個人都能接觸到這份資料，嫌疑犯的數目便多了很多，要在星期五前找出犯人絕不容易。

「不是很多，連我在內只有五個人。」

咯！

短促的敲門聲後，一男兩女在門後探頭進來。

「栢克，我和負責昆恩特斯融資計劃的組員來了。」進來的男人看了唐輔一眼。

約翰示意男人趕緊把門關上，轉向唐輔：「他們就是負責昆恩特斯融資計劃的諮詢團隊。朗奴，就只有你們幾個？牧野人呢？」

「呃……」男人面有難色。

「我在問你呀！我不是叫你召集所有人的嗎？」

「……我已打了他的手機和給他發了電郵，可是都找不到他……」

唐輔的眉毛揚了一下，行蹤不明的員工……

「也許牧野只是有點事要辦出去了罷……」其中一個較年輕的女孩開口。

「小姐，這個時間行蹤不明可不妙喲。」唐輔插口。

「你是……？」

「唐輔，T市中區分局重案組探員。」他邊說邊亮出放在西裝內袋內的證件。

「警察？」女孩愣了一下，可是她仍伸出手和唐輔握手。「我叫石小儒，是這個團隊的分析員。」

「栢克，這究竟是……」另一名女人問約翰。

約翰先是嘆了口氣，然後有點無奈的把昆恩特斯資料被「綁架」的事道出。

唐輔一直留意著那三個人的反應，當約翰說到昆恩特斯的報表和現金流量分析時，他看到石小儒輕輕的驚呼了一聲。

「石小姐妳是不是知道些甚麼？」唐輔問道。

「其實……」石小儒臉上帶著不安的說出她怎樣因為不見了本應在內聯網的檔案，而向ＩＴ部的同事求助的事。

「那是真的啊。」約翰盯著電腦屏幕顯示著的檔案夾。顯然他找不到那個檔案。「竟然有這樣的事，真的有人綁架了檔案。啊，對了，檔案不見了的事，妳說除了現在在這房間裡的人外，那個ＩＴ部的同事也知道？」

石小儒點頭。

「可以叫他也過來嗎？因為事情有點敏感，有些事要先釐清。」

因應約翰的要求，那個叫石小儒的女孩撥了內線電話請那個叫植嶝仁的員工過來。等待的時候，約翰拿起電話筒。他煞有介事的看著唐輔道：「我不是對你沒信心，但是我想也應該準備好贖金以防萬一吧……」

「我明白，但是我們還不知道要怎樣交款。」

約翰放下電話筒。「也對，反正十萬也不是很難調動的金額……」這時他邊盯著電腦屏幕邊敲打著滑鼠按鍵。「綁匪要我怎樣交贖金呢？說是已經寫在郵件中……不如……不如現在便打開郵件一來看看吧。」

「可是……綁匪說要明天才可以打開的。」

「這只是一個郵件罷了，我想是綁匪故弄玄虛，如果早點知道綁匪的指示，不是能佔著先機嗎？」約翰已經打定主意，放在滑鼠上的指頭快速的按了下去，唐輔也來不及阻止。

所有人屏息。

各人都期待著約翰說出綁匪的指示。

「甚……甚麼也沒有。」約翰說。「只是一個空白的郵件。怎麼了？綁匪意外地把指示刪除了嗎……」

叮！

差不多同一刻，約翰公司的郵箱有一則新電郵，寄件者是K Kidnaper。

「是綁匪！」約翰驚呼，所有人都湊了過去。

「我已警告過你，要在指定的時間才可以打開附件！

「這只是一次測試，看來你真的不把我放在眼裡。記著，下次可不是測試了。再有這種情況的話，交易中止，資料也會立即被公開！」

「怎麼會……」

「只是一個很簡易的設定。」門口傳來一把沙啞低沉的聲音。

「呃，栢克，這是植嶝仁。」石小儒連忙介紹著。「IT部的同事。」

唐輔有點出乎意料之外。他本以為在IT部工作的都是一副宅男的模樣，可是眼前男孩有點捲的頭髮剛好是蓋著頸項的長度，精心的造型就像日本男偶像藝人般，乾淨的臉半點油光也沒有，衣服也是洗熨得整整齊齊，而且一看便知是高級貨。唯一要挑剔的，是他那無神的雙眼和沙啞的聲音。

「你就是植嶝仁……」約翰打量著他。

唐輔留意到，約翰打量植嶝仁的表情，有點奇怪。

「你說這是設定？」約翰問。

「很簡單，你也一定用過。」植嶝仁走近約翰的電腦。「發信人寄件到這郵箱時，設定了讀件通知，就是當郵件打開後，系統會發信通知寄件人，所以他知道我們提前讀取郵件了。」

約翰鐵青著臉。「這……就是要我們不能提早閱讀訊息吧。」

「嗯。對了，請問你們叫我來有甚麼事？」植嶝仁問道。

約翰只好再一次把狀況說明，唐輔留意著植嶝仁的反應。

「綁架？」和剛來時的沉著相比，植嶝仁的反應比其他人都大，可是他很快便回復冷靜，並慢慢的掃視了房內每一個人。

植嶝仁走近約翰的電腦。「那封勒索的電郵，可以在電腦裡開給我看嗎？」

「喂，我知道你是ＩＴ部的，可是我們警方已經正派人來……唔？」唐輔留意到保羅從門外探頭進來並向他招手，示意叫他出來。

「怎麼了？」交待植嶝仁不要碰電腦後，唐輔走到房外。

「亞雪妮說，她本想借調總局那邊的電腦專家，不過好像突然有宗大案子，電腦專家好像都很忙不能過來……」

真不巧！唐輔知道自己的斤兩，這點小案子他不可能說服高層向那些電腦專才施壓。他只好裝作沒甚麼大不了的回到房間內。

「我想過了，」唐輔對植嶝仁說。「你對這公司的電腦運作比較熟悉，又清楚事件的來龍去脈，有你幫忙最好不過。」

「是嗎？」植嶝仁淡然說著，令唐輔心裡感到不是味兒。

唐輔看著植嶝仁從口袋掏出一只ＵＳＢ手指插在約翰電腦上，然後雙手在鍵盤上快速的輸入不同的指令，活像一個演奏中的鋼琴家。

「阿植，這是……？」石小儒問他。

「這是一個可以追蹤ＩＰ的程式。」植嶝仁回答時雙眼仍是盯著屏幕。「雖然勒索的電郵是從免費郵箱發出的，但是仍可以追蹤到發出郵件的電腦的ＩＰ。」

「只要追蹤到ＩＰ就可以找到那綁匪嗎？」保羅問。

「不是那麼容易。」植嶝仁笑了一聲，唐輔直覺他是在取笑自己。「那只是為用戶提供上網服務公司的伺服器的ＩＰ。不過有了那個，你們便可以要求網路公司查出那個時候那個ＩＰ分配給了哪個用戶。」

「那要多久才能追蹤到ＩＰ？」唐輔問。「綁匪」說如果不交贖金，便會在星期五公開昆恩特斯的資料，所以他希望在此以前找到綁匪的位置把他拘捕。他還知道，要求網路公司提交用戶資料需要法庭頒令許可，他已經想好在哪個法官處最容易拿到。

「我想……三十分鐘左右。這個程式已經比平常快很多，那時鬧著玩拿到的，沒想到竟然真的有用……」

「你怎麼會有這種程式在手的？」輪到保羅問，還是帶著刑警的語氣。

「網路上啊。在網路上甚麼人也有，有人寫了類似的程式放上網，然後很多人便會去改良。」

「呃，我想我們還是不要打擾阿植工作吧……」約翰說道，他叫他「阿植」，更把一隻手放在植嶝仁的肩上，唐輔當然明白他的意思。

「程式已經啟動，現在只是等待了。」

「我……有個問題。」其中一個被帶來的女人開口。「你剛才說郵件有讀件通知的設定。」

植嶝仁點頭。

「那……如果我們把郵件轉寄呢？」

對啊！唐輔看著那女人，她好像叫艾蓮。她比石小儒年紀大一點，應該有三十幾歲了。她架著眼鏡，穿著一件有點寬的針織上衣配西裝褲。剛進來時唐輔還以為是個歐巴桑，可是現在仔細看可以看出她眼鏡下精明老練的雙眼。

「理論上可行。」植嶝仁托著下巴。「不過要先測試一下。」

「怎樣測試？」唐輔緊張的問道。聽到艾蓮的想法，唐輔還真興奮了一下子。

「我有這個免費郵箱的戶口。」艾蓮說著走到植嶝仁身旁，她看了看約翰。

約翰點點頭，她在約翰的電腦上打開新的瀏覽器，登入了相同免費郵箱的帳號後，正要把其中一封未讀郵件轉寄。

「呃，不行。」艾蓮說。「即使是轉寄，郵件會變成已讀的狀態。你看。」

「真的呢。」植嶝仁看了看屏幕，剛才艾蓮要轉寄的郵件，標題的字體比未讀的郵件淺色了一點，那是已讀郵件的顯示方式。「看來綁匪是有理由選這個郵箱的呢，真是個思想縝密的人……」

保羅看了一眼唐輔。該死的，唐輔抿一抿唇。看這個植嶝仁，只不過他懂那點點電腦，就以為自己是大偵探，還學警察般分析起犯人來了。

「這樣啊。」唐輔終於開口。「我們不能再亂來了……」本來他還要繼續說下去，可是約翰輕輕的舉了一下手示意有話要說。

「唐輔，在這裡的都是自己人，我便不妨打開天窗說亮話。」約翰的聲音嚴肅起來。

「其實大家也明白，在我們內聯網拿到昆恩特斯的文件，最有機會辦到的，就是我們這裡的人。如果這惡作劇是你們其中一個人的傑作，你現在還可以向我自首。當然，小懲大戒是少不了的，但我可以保證不把這寫在人事紀錄中。雖然警方已介入了，可是唐輔是我的老朋友，我可以銷案當沒事發生。」說時約翰看了唐輔一眼，唐輔點點頭。如果真是惡作劇，他也不想追究。

沒有人作聲。

「沒有嗎……」約翰嘆氣。「如果是外人的話……」

「不。」坐在約翰電腦前的植嶝仁站起來，以銳利目光掃視每一個人。「追蹤結果出來了，發出勒索電郵的ＩＰ，是屬於Ａ＆Ｂ的伺服器。」

4

星期三，11：30AM。

杰克‧牧野不安的看了看手錶。

剛過了十一點半，再不回去就有點太過份了。

腰際又傳來震動，牧野掏出手機。

是朗奴的電郵。「牧野，你他媽的在哪裡？」這已是他第三個電郵了，從第一個「牧野，你在哪？」到「牧野，快連絡我。」，到現在這個電郵，明顯朗奴生氣了。在投資銀行界，得罪自己的直屬副總裁可不是好事。

牧野入行已有六年，如無意外牧野下年會升為副總裁。牧野這一代很不巧，入行的時候正是經濟不景氣的時候——金融海嘯、歐債危機等一浪接一浪，整個併購市場像是一池死水。牧野比他很多同學幸運，不但獲A&B錄取，還能成為昆恩特斯團隊的一份子，參與了幾次昆恩特斯大型的投資的諮詢，讓他終於在行內算是站穩住腳。

牧野是日裔，他的父母都是在本國出生長大，所以來到他這一代都只會說有限的日語，牧野也沒有日文名字，如果硬要寫的話就是杰克的片假名吧。不過同事都喜歡叫他「牧野」，而不是叫他杰克。

牧野猶豫著要不要回覆，算了，如果朗奴要我立刻去見他，我也恕難從命，那不如乾脆裝作收不到這個電郵。

牧野把手肘倚著這裡唯一的桌子。在這裡已耗了差不多半小時，還不見老趙的人影。看著桌上散落的工具，牧野竟然緊張起來。

這些工具……老趙就是用它們去鑲我買的那顆鑽石吧。

老趙是鑽石批發商，沒有人知道他的鑽石是從哪裡來的，只知道市內很多獨立經營的珠寶店都是從他那裡買貨。他沒有店面，只有位於唐人街一棟舊大樓裡的工作室。像是單身公寓的單位，客廳只有二百平方呎，放了一張小桌子和幾張椅子，有個小書櫃放滿了時裝雜誌和著名首飾店的產品目錄。整個工作室只有一個房間，可是那是訪客免進的地方，天曉得那裡是不是堆滿了鑽石。

這時牧野的目光落在工具旁邊，一本打開了的筆記本。

牧野捻著筆記本的角落，輕輕的把它拉到自己前面。

原來那是客戶的紀錄。

咦？原來別組的羅拔也訂了鑽石耶，該死的，這小子竟然買了兩卡，還要是D色的。

老趙也是的，竟然把這種記有每個人姓名和連絡方式的紀錄隨便放，不過原來不少人也買了差不多的鑽石。

任何人都可以看到，說不定……

「對不起，讓閣下久等了。」一個子很小的老人從房間出來。「要不要再來杯茶？」

「不用了，陳伯。」牧野連忙把視線從筆記本移開，並走過去扶著陳伯坐下。陳伯是老趙的助手，聽說老趙的鑽石生意是從父親處承繼來的，而陳伯是老趙父親的伙計。看他沒有八十也有七十五歲吧，走路慢吞吞的，每次看到他牧野都很怕他在自己面前跌倒，終是忍不住要扶著他。可是陳伯的頭腦比很多人還要精明，每個月不同級數鑽石的價格他都記得一清二楚。

「其實我也不一定今天要看的。」牧野對陳伯說。「只是老趙叫我今天來看看那戒指的鑲嵌是否滿意。如果他真的很忙的話我明天再來也可以。」

牧野向老趙買了顆鑽石，那是公司內的副總裁介紹的，大家都知道向批發商買，同一級數的鑽石比大品牌的便宜，所以公司內的男同事，都是向老趙買鑽石來訂造求婚戒指的。牧野也不例外，他一早計劃了要向交往多年的女朋友求婚，所以前陣子向老趙買了一顆接近兩卡的鑽石，並請他照著雜誌上的一個款式鑲嵌。一點八五卡，完美的切割，ＶＶＳ２，Ｄ色的，連老趙也說那是可遇不可求的好石。

這時房間傳來廣東話，像是喊陳伯的。

原來老趙在啊，牧野想道。可是如果客人來的話老趙一定會親自招呼的，像今天這樣真不平常。

「失陪一下。」陳伯笑著欠一欠身，一邊說著廣東話一邊向房間走去。

手機的震動又再傳來，但牧野已不再理會了。

「對不起，其實……」陳伯終於從房間出來，可是他面有難色，讓牧野覺得不安。

「閣下買的鑽石……有點問題……」

「問題？甚麼問題啊？」

「是這樣的……我們不小心弄損了閣下的鑽石，真的很對不起……」

「弄損？」腰際的手機又震動起來，牧野邊問邊匆匆的看了一下收件箱。這次是同是昆恩特斯團隊的石小儒。「緊急！牧野你在哪兒？」甚麼緊急？現在沒有甚麼事比我的鑽石重要！牧野收好手機。「陳伯，到底是怎麼回事？」

「是的。我們不小心把鑽石刮花了一道痕，不過請放心，我們會賠償閣下的損失，我們會找一顆同級數的鑽石，老闆更會免費替閣下鑲嵌……」

「那何時會有啊？」牧野有點煩躁，他從沒有聽過鑽石工匠會弄壞客人的鑽石的。

「這……因為閣下的是很難得的鑽石，要找回同級的恐怕……要一點時間……」

「這怎麼行啊？我已預訂了餐廳星期五的位子耶。」牧野一早計算好，他有份負責的昆恩特斯融資計劃，星期五草稿便會寄到昆恩特斯那邊，屆時所有重要的分析程序已經完成，所以他打算那天晚上向女朋友求婚。

「對不起……」陳伯不斷鞠躬道歉。雖然牧野也不忍心他一個老人家這樣，可是這失誤也真的說不過去。

失算對牧野來說是最不想碰到的事，如果不是在他計劃之內，他會有點不知所措。

這時大門突然打開，一名穿著筆挺西裝的男人走了進來，後面還跟著兩個穿便服、感覺和西裝男格格不入的男子。陳伯好像早知道他們會來的那樣走上前去迎接。「老闆在裡面。」說著便領他們進房間裡面。

等……等等！牧野突然火大起來。我在這等了半小時耶，這些人竟然能直接去裡面找老趙？

「呃，喂！」牧野不知哪來的勇氣追了上去。

「對不起，裡面是……」陳伯擋著他。

「可是我……」牧野左右走著，希望擺脫陳伯。這時他看見陳伯身後的房間的門打開了一道細縫，房間內的老趙握著一個黑色絨袋子緊緊的貼近胸口。

「你想幹甚麼？」其中一名便服男從房間出來，他一手關上房門，一手把牧野向後推。

「請規矩一點。」

「規矩？現在好像是你們沒有規矩啊！」牧野越喊越大聲。

混亂中牧野的手機掉在地上，蓋子摔爛了，電池也掉了出來。也許太突如其來，那便服男也有點不知怎反應。

「可惡！」牧野拾起已摔爛的手機，正想說甚麼時，老趙從房間走了出來。

「牧野桑，很抱歉，今天請你先回去吧。有關你鑽石的事，過幾天我保證會給你一個交代。」老趙說時臉上帶著一種讓人敬重的威嚴，連本來很激動的牧野也垂下緊握的拳頭。

「那就說了算啊。」牧野隨手把手機放進口袋，轉身離開老趙的工作室。

真是的，白忙了半天，今天不知又要加班到幾點才能趕上工作進度了，牧野邊走邊想著。

突然他停下了腳步。

「莫非……」牧野呆了半晌。「不會的。」他甩甩頭，又再向前邁步。可是只走了幾步，他回過頭朝反方向走去。

因為手機摔壞了，沒有那擾人的震動，牧野的腳步反而輕鬆了。

那時他還不知道，公司的人正發瘋似的在找他。

5

星期三，1：00PM。

很不爽。

盯著電腦屏幕的植嶝仁，腦中盡是這三個字。

很不爽。

所有人都被集合到會議室，約翰・栢克鐵青著臉，自從植嶝仁宣布寄給約翰那勒索電郵是從 A&B 內部發出後，他就是這個臉色。

那個刑警的臉色也好不到哪裡去。

植嶝仁知道，「綁架」是嚴重罪案，可是這個說英語還是有濃濃廣東話口音的探員，只是帶著個菜鳥來調查，他大概和約翰一樣，以為九成是惡作劇吧。可是從犯人那樣心思細密的部署，就可以想到那個人應該不是鬧著玩的。看來這個人在警署內沒甚麼影響力呢，連個電腦專家也調動不了，想起剛才他要求自己幫忙而編甚麼自己比較熟悉內聯網的話，植嶝仁就想笑。

雖然那個探員是可笑，但是植嶝仁還是覺得很不爽。

究竟是誰？

從筆記型電腦屏幕的頂部邊緣，植嶝仁盯著會議室內的每一個人。

內聯網伺服器上昆恩特斯檔案夾是有權限的，只有昆恩特斯團隊才能讀取。也就是說只有昆恩特斯團隊的人才能「綁架」那些資料。

會不會是駭客所為？這個念頭閃過植嶝仁的腦海。駭入了Ａ＆Ｂ的系統，控制了昆恩特斯團隊中其中一人的電腦，綁架了財務資料，並發出了勒索電郵。這樣即使追蹤到ＩＰ，也只是被駭電腦的ＩＰ。這假設不是沒可能，Ａ＆Ｂ系統的安全度其實並不是員工所想的那麼好。這點在ＩＴ部工作的植嶝仁很清楚。

可是這個假設有個問題，就是前提是那人對Ａ＆Ｂ的內聯網有認識，雖然他只是在行政部主管底下工作，並不認識任何一名高級副總裁，但他也知道每名高級副總裁都有自己的班底，每個小組也有自己一套處理檔案的制度，如果只是一個駭客，要在這層層檔案夾中找到昆恩特斯的資料，難度甚高。而且據石小儒說，她是今早凌晨在家工作完才把檔案放上去的，而那檔案早上回來已不見了。只有短短幾個小時，很明顯犯人是一早鎖定了昆恩特斯的，並不是那些純粹玩玩而駭進來的小子。

還有一點，就是犯人至今利用的，其實是很原始的招數，如果是對電腦有認識的，準會寫個小程式來炫耀一下吧，所以看來不像是駭客所為。

那又回到原點，犯人是Ａ＆Ｂ內部的人，還是昆恩特斯團隊中的。

雖然追蹤到ＩＰ是來自Ａ＆Ｂ的伺服器，可是那是隨機分配的，Ａ＆Ｂ的網路

IP由電訊公司提供，只要向電訊公司提出要求，在數據庫查一下，就知道在電郵發出的時間，那個IP是屬於哪個登入帳號。那就可以知道犯人是誰。不過因為私隱條例，這種調查要法庭許可，相信那叫唐輔的探員已在申請了。不過問題是，今天是星期三，而綁匪最後一道指令要在星期五下午兩點打開，這表示整件事會在星期五落幕。

植嶝仁很懷疑三天內能不能找出犯人。

另一個追蹤犯人的方法，是根據鍵盤紀錄。

和很多企業一樣，A&B有每個員工的鍵盤紀錄。只要員工一連上A&B的伺服器，所打過的鍵都會被紀錄在案。植嶝仁可以做的，就是比對勒索電郵的內容和鍵盤紀錄。

問題是，如果犯人是用家用電腦打好勒索電郵存在這個免費郵箱的草稿箱，再在今早從A&B寄出，那就只可能比對誰有到過這個免費郵箱的網頁。可是這是全世界最多用戶的郵箱，植嶝仁敢說單是T市辦事處很可能百分之八十的員工也有戶口。平日早上開始工作前有幾百人到過那網站也不足為奇，單憑這個不足以指證某人就是犯人。

植嶝仁嘆氣，雖說每個辦法也有缺點，而且這只能辯認出是誰的電腦，但並不能確定擁有那電腦的人就是犯人，這種案件，要抓著現行犯才能入罪。可是也是沒辦法之中的辦法，植嶝仁還是啟動了程式比對，一臉不爽的盯著屏幕。

默默在工作的，不只植嶝仁一個。

昆恩特斯團隊的那三個人，包括石小儒，都把工作搬來這個會議室。因為昆恩特斯正在進行融資，要在下星期五交給董事會議通過，所以這個星期五要把分析報告完成——這是石小儒給植嶝仁解釋的。

這個昆恩特斯團隊，經過剛剛這一陣子，植嶝仁大致掌握到他們每個人的背景。

石小儒他本來就認識所以不用說，雖然頭銜是分析員，可是她在現在這個團隊中是最低級的。看她在會議室裡有一半的時間都像是個跑腿。

另一個女人叫艾蓮，看來比石小儒大，大概有三十歲出頭吧，職位是副總裁，雖然她整天對著電腦，但是大多時間都是盯著電腦在想事情。而從他們零星的對話中，植嶝仁猜到，這次昆恩特斯的融資中，某個部門的價值將會對融資有重大的影響，看來也就是這個艾蓮在想的事情。

至於那個叫朗奴的副總裁，植嶝仁對他印象不大好。雖然他比那個叫約翰的高級副總裁年輕，可是個子已經不高的他已開始有點中年發福，而且這個人有點神經質，眼神不大有自信。也只是因為他比小儒高級，所以就整天都在使喚她做這做那。

這樣的人在這個看來要求甚高的昆恩特斯團隊會吃虧吧——植嶝仁這樣想。

會議室的門打開的一刻，所有人也不約而同地抬起頭。

走在前面的是那個菜鳥探員，後面跟著的是一個年輕的亞洲人，應該就是早前他們提到那個叫牧野的經理吧。雖然現在還只是下午一點，可是牧野一臉疲累，像一整天沒睡似的。

「牧野！」石小儒輕聲叫他。「你整個上午去了哪裡啊？大家都在找你。手機你又不接……」

「早知道會被那樣盤問我就會接電話囉！」牧野一屁股坐在一張空出來的椅子上。

「牧野先生，對不起，我們也不想那樣問話。可是現階段情況特殊……」原來那個叫唐輔的探員也尾隨在後面。「你突然那麼巧合地失蹤……」

「所以我就有『綁架』昆恩特斯資料的嫌疑囉！」牧野一臉不滿的嚷著。

「不好意思，規矩上我們是要……」

「聽好，我明白你們也是按程序辦事。總之你做你的工作我做我的，我可以告訴你我不是犯人，信不信由你。現在你們做完你們要做的工作啦，我還有很多很多工作要做，請不要再煩我了。」牧野說著從手提公事包中拿出筆記型電腦和充電器。

看到這一幕，植嶝仁和石小儒不約而同的看著對方聳了聳肩。

「牧野，看來你被整得很慘啊。」只有朗奴還是不識趣的繼續說著。

「唉，今天不知碰到甚麼霉運。」牧野咬著原子筆，從他的姿勢可以看出他平日應該有抽菸。「本來想早上去老趙那裡取戒指，可是戒指取不到，手機跌壞了，還要被當成綁架犯。」

牧野說「綁架犯」時特別加重語氣，明顯是給那兩位探員聽的。叫保羅的菜鳥想說甚麼，可是被沒有任何表情變化的唐輔制止。

「呵，終於要求婚了？」朗奴笑著。植嶝仁覺得他笑起來都是皮笑肉不笑的。

「她已經發出最後通牒耶，再不行動的話恐怕她要鬧分手了。」

「老趙是市內的鑽石批發商，從他那裡買求婚戒指比在店子買的便宜好多。你有需要我可以把他的電話給你唷。」石小儒輕聲對植嶝仁說。

「我知道老趙，我家……」植嶝仁好像還想說下去但是止住了。「我有家人向他買過首飾。」

「啊，原來你也知道老趙。」石小儒瞇起眼微笑著。「你有要送鑽戒的人嗎？」

「不要說笑了。我哪有那個錢啊？」

「是——嗎？」石小儒盯著電腦屏幕，饒有意味的笑著說。

「小儒不是說自己是女強人要買鑽石給自己嗎？」牧野調侃著石小儒。

「我是買了鑽石，可是陳伯說不要鑲成戒指，怕好男人以為我訂婚了不敢追我，所以造了項鍊。」

「好了，這次工作完成後，我們下一件工作，就是要給小儒找男朋友喲。」艾蓮也加入。

這時約翰匆匆走進來會議室，唐輔向他輕輕點點頭。

「各位隊友。」約翰清了一下喉嚨後說。一聽到他說「隊友」，植嶝仁就覺得毛毛的。「相信大家也明白眼下的狀況——昆恩特斯敏感財務資料被『綁架』了，如果你問我，我是絕對相信我的團隊是不會做出危害A&B或是客戶的事，可是阿植也說了，綁匪的勒索電郵正是從A&B的伺服器發出的。我和唐輔商量過，由於你們都接觸到昆恩特斯其他敏感資料，為免在星期五前還有消息外洩的可能，還有我們還要繼續完成昆恩特斯的分析，我們希望，這幾天各位可以留下來。」

這不等於是軟禁嗎？植嶝仁心裡想。

「我明白各位的難處，其實大家也不是第一次要留下來，為了不讓大家有被軟禁的感覺，我會把大家遷到A&B的公寓住幾天，工作也會在那邊繼續直到星期五報告提交了過後，所有膳食和需要都會由公司負責。而且……」約翰繼續說。「因為情況特殊，融資完成後，大家可以有多百分之三的分紅。而阿植，雖然他不屬於團隊，可是這次情況特殊，公司也會給他分紅，不過不是從這次的收入中發放的，大家不用擔心分紅給攤薄。」

一聽到有額外分紅，本來凝住的氣氛頓時像輕鬆下來。雖然植嶝仁才不稀罕那些花紅，可是要求是出自高級副總裁的口，誰會拒絕啊？而且看到牧野只不過是失蹤了幾個鐘頭，回來便被當成犯人了，如果拒絕的話，說不定會被當成重點犯人呢。所以植嶝仁也只好不作聲。

「那，各位沒有異議？」看到再沒有人反對，唐輔問。「如果各位也同意的話，我、保羅和局中一位女警會過來，陪各位回家拿些換洗的衣服和所需物件等等，再送各位到公寓。」

是的，如果犯人有同伙，現在就是連絡的機會，所以警方要監視我們回家拿東西。

「還有一個請求。」約翰繼續說。「因為事態敏感，我希望各位能保持低調，昆恩特斯資料被『綁架』的事，不要讓這裡以外的人知道——即使是A＆B其他員工。而在前往公寓前在公司內的走動，也請盡量不要引起不必要的猜測。」

「這個不難辦到，」牧野已經開始收拾。「反正做deal時大家也是神神秘秘的。」

對啊，這些投資銀行家，在完成交易前，連枕邊人也不能知道是哪家公司，就是怕消息外洩。可是這個要求對植嶝仁來說有點困難，不像其他人，他的工作整天也是在座位上的，突然不見了會很不尋常吧，所以最好還是不被看到，免得越描越黑。

乾脆不要被阿祖看到就沒麻煩了吧。植嶝仁心裡盤算著。一點——他看看手錶，這個時間阿祖還在外面吃午飯，現在回去拿東西應該沒有人會看見。

在唐輔陪同下，植嶝仁回到自己的座位，果然不出所料，阿祖不在ＩＴ部的辦公室。植嶝仁拿了錢包、幾片檔案ＣＤ和外套……

「咦？」

「怎麼了？」唐輔順著植嶝仁的視線到書桌上。

「奇怪……我的手機不見了。」植嶝仁翻遍了書桌的抽屜，又摸了摸外套的口袋，可是都找不到。「我一般都是把手機放在桌面的，今早還在的呀，後來你們把我叫過去，我沒有拿手機便上去了……」

「是嘛……」唐輔一臉懷疑的看著植嶝仁。

「我是說真的喲！」植嶝仁知道唐輔在懷疑自己。「對了，讓我打打電話，看看是不是有人拾到。」說著植嶝仁用內線電話打自己的手機號碼。

不通。有人把手機關機了。

「算了，遲些再找吧，你家在附近的不是嗎？我現在陪你回去拿東西吧。」

雖然不大情願，可是為了不成為這個重口音刑警眼中的頭號嫌疑犯，植嶝仁唯有讓他跟著自己回家。幸好那短短七分鐘左右的腳程，即使兩人完全沒有說話氣氛也不是很尷尬。

「你一個人住在這裡？」一進門，唐輔便四處打量植嶝仁的公寓。

「嗯。」植嶝仁沒有說太多，他留意到電話答錄機的燈在閃，他下意識按下「PLAY」鍵。

「您有・一個・留言在・今天・早上・十一點・十二分。」答錄機機械的女聲傳出。緊接著的，是大聲得足以響遍了整個客廳的廣東話留言：「仁！是我，姑姐啦。你在哪啊？手機又沒有開。如果你聽到這個留言可以給我打個電話嗎？」

植嶝仁不好意思的想要走進房間。

「不給她打個電話嗎？」唐輔突然用廣東話冒出一句。

「沒關係的，姑姐是我這邊唯一的親人，所以三兩天都會打電話過來。」

「不用告訴她你會不在家兩、三天嗎？她可能會擔心啊。」

植嶝仁聽得出那是試探的語氣。

「嗯，我就是這樣的，她也習慣了。等事件完結後我再打電話回去。」植嶝仁頓了一頓。「免得把姑姐也牽扯進來，連累她也要被軟禁。」這明顯就是說給唐輔聽的。

唐輔沒有回話。

拿著旅行袋從房間出來的植嶝仁順手把答錄機的留言刪除——

一瞬——一個念頭在植嶝仁的心內湧起。

「行了，走吧。」植嶝仁用下巴指一指大門的方向，示意唐輔一起離開。

希望剛才沒有給這個重口音刑警發現，雖然只是一瞬間，但自己的動作可能有一刻的不自然，植嶝仁不能肯定有沒有破綻，而唐輔可能已經察覺到了。

剛才刪除姑姐的留言時，植嶝仁想起，早上石小儒曾經拿了自己的手機，為了刪除誤寄了給他的泳裝照。

說起來，那以後自己就沒有再用過手機。後來石小儒叫他到約翰的辦公室，也是用公司的內線電話的，匆忙間他沒有想過要帶手機就走了。所以他也不肯定，手機是他離開桌子前還是之後不見的。

偷了他手機的人，有可能就是石小儒。

6

星期三，3：00PM。

踏進公寓的一刻，唐輔也不得不看傻了眼。

在調查案件時，常常會有臨時要出差的情況，所以他在警局放了簡便的行裝，預備隨時要到外地幾天。那些不顧身世，甚麼也沒帶便跳上火車到外地調查的刑警只會在電影和小說中才有，對唐輔來說，穿著髒內褲只會讓自己的頭腦更差。

陪Ａ＆Ｂ的員工拿好東西，大夥兒都到達離Ａ＆Ｂ辦公大樓不遠的公寓。幸好所有人都是住在Ｔ市中區，不然的話，像唐輔他們這樣跟著Ａ＆Ｂ的員工回家，就會變成跨區辦案，程序上都要知會別區一聲。當然各個警區都很繁忙，他們大多也不會理會別區的案子。

這棟大樓中其中幾個單位是Ａ＆Ｂ擁有、專門給調職來Ｔ市的員工的臨時住所。一般來說，調職的員工，公司會讓他們住一個月到三個月不等，好讓他們能在找到合適的居所前有地方棲身。Ａ＆Ｂ在這大樓有幾個不同單位，因為這次人數較多，約翰安排了一個有三個房間的大單位。唐輔安排艾蓮和石小儒同用有獨立浴室的主人房，而牧野則和植嶝仁同房，朗奴和約翰同房——如果約翰打算也住進來的話。而唐輔和保羅就睡客廳，那裡也是昆恩特斯團隊未來工作的地方。

聽約翰說那是給員工住的臨時居所，他以為只是簡陋的公寓，沒想到是那麼高級的公寓，不論是美侖美奐的大堂裝潢，還是高級的傢具用品等，都可以媲美五星級飯店。

市中心的高級公寓就是不一樣，唐輔暗想，當然，對高薪的Ａ＆Ｂ的員工來說，這可能是習以為常。

公寓分開客廳和飯廳，客廳那一邊放著一套Ｌ字型的沙發、矮桌子和電視，另一邊則放著一張大型的長方形飯桌，現在這飯廳變成了昆恩特斯團隊的臨時辦公室。因為工作需要，不能完全阻止他們上網找資料，但是約翰吩咐了那個植嶝仁改動系統設定，監視和記錄著昆恩特斯團隊每個人電腦登錄過哪些網頁，還有他們發的每一個電郵，一發現有可疑的網頁或是通訊便立刻通知約翰和唐輔。而所有人都把手機放在桌上，彷彿是在互相監視著有沒有和可疑人物連絡。雖然如此，但團隊的人員都若無其事地在埋頭苦幹，距離提交報告的限期還有三天，所有人都在盡力完成剩下的分析程序。

在唐輔眼中，這其實是軟禁，可是對員工來說，反正未來幾天他們也準備在公司過夜的，這樣的環境反而比在公司睡好，所以他們也沒有對這個安排有異議。儘管是變相軟禁，約翰還是很貼心的請人送來了精緻的小食拼盤。唐輔也聽約翰說過，重要消息宣布前，一些重要關係人都會被集合在一處，可能是飯店房間，也可能是公司會議室，就是為了不讓消息有機會洩露出去。唐輔只是不明白，為甚麼約翰會那麼信任那個ＩＴ

男植嶝仁。

唐輔不懂金融，他只是在電影中看過投資銀行家怎樣不分晝夜的在工作。他和約翰碰面時也很少會談到工作上的事，正如他也很少對約翰說起他查案的事。

「那個……這就是被『綁架』了的資料？」唐輔看著石小儒在核對兩份報表，靈機一動問道。

「不是，這是昆恩特斯最新的財務報表草稿，今早剛寄過來的，昨天他們寄來的現金流量分析就是反映了最新的報表資料。所以我要比對我們之前用的草稿，確保我們的分析中沒有遺漏或是需要改動的東西。」

也就是說，因為被「綁架」的資料反映了昆恩特斯最新的財務狀況。昆恩特斯預定公布融資計劃的日子是下星期五收市後，為的是不希望公司的股價出現波動，令公司有機會成為被炒家狙擊的對象。投資者會有一整個週末去消化資訊，星期一開市時便不會那麼容易出現不理性的買賣。

「老大你真的明白嗎？」保羅小聲問唐輔。

「大概啦，不過別忘了我們現在有內幕消息，內幕交易可是刑事罪的喔。還有，股票投機還是少碰為妙。」

「那……昆恩特斯融資是要借錢嗎？」

唐輔一時語塞，他其實也不大明白詳細情形是甚麼。

「是要資金，但不一定是以借貸的形式。」牧野啜了口汽水。「融資可以是出售股權或資產，甚至是出售整個部門。當然也可以是簡單的向金融機構借款，可是單說借貸也有很多種，可以是發行有抵押或是無抵押的債券，可以是附帶股權、高利息但是在他日以股權支付的夾層債務。我們這次的工作，就是要替昆恩特斯找願意出錢的投資者，商討一個合適的融資計劃。」

「現階段已有三家機構有興趣，我們把每個計劃做分析，選出最合適的，只要在董事會通過後便能成事了。」石小儒也加入。

「那是怎樣的融資啊？債券？」保羅也學著剛才牧野的口吻說著金融名詞。

「哈哈，當然不是那麼普通囉，那是……」

「好了，牧野。」朗奴瞪著牧野，本來一臉得意的他也立刻噤聲。

「呃，說了你們也不明白的，那是很複雜的東西。」

唐輔留意到，除了那個ＩＴ男，整個飯廳的氣氛好像不一樣了，昆恩特斯團隊各人突然靜下來。

這次的融資真是不得了呢，唐輔這樣解讀。

「咦？這個『政府補助』是甚麼？」還不識趣的保羅指著分析表上其中一項問。

「呃，那是……」石小儒有點為難的看著朗奴。

「就是字面的意思。」朗奴只是盯著文件冷冷的說。「昆恩特斯有那麼多科研的工作，政府大力鼓勵嘛，所以便有這些補助。」

「可是如果不是有政府的補助，不是會蝕本嗎？從這個金額來看……我說得對不對？」保羅皺著眉盯著石小儒手中的報表。唐輔也好奇地看起來。

「不是啦，」唐輔指著另一行。「雖然補助令現金流量轉虧為盈，但大部份都去了這個利息支付了。」

「小儒，給我看看。」朗奴伸手拿去了唐輔在看的分析表，唐輔也明白朗奴就是不想自己繼續看下去。

「算了吧朗奴，」艾蓮笑著說。「他們遲早也會知道的啦。」

「艾蓮，」唐輔坐了下來。「看來這次不是單純的融資？」

「昆恩特斯三年前不是收購了夫路茲嗎？他們正在進行研發的 CHOK 進度有些問題，也因此原本最大的機構投資者決定不再注資，如果在十二月年結前不能找到新投資者的話，那 CHOK 的研發計劃便可能要終止。」

「喂，艾蓮妳可不可以不要在外人面前這樣說？」朗奴說時看了一眼唐輔。

「甚麼外人不外人的，在這房間內都是同坐一條船。而且，說不定理解背後的事對他們破案有幫助。」艾蓮拿著筆指著唐輔。「你簽了保密協議是不是？昆恩特斯正在開發一個平台，那是結合了夫路茲的手機系統，讓用家可以隨時隨地和外界連絡，參與一個虛擬社群的活動，這個計劃稱為 Continuous Harmonization of Kinetics，簡稱

CHOK，意指身處不同地方的用家，他們的行動在這個平台裡持續地統一起來。」

唐輔也好像從新聞中聽過，昆恩特斯一直在進行一個名為 CHOK 的計劃，原意是成功結合手機系統後，推出嶄新的手機系統雄霸市場，這也是昆恩特斯收購夫路茲最主要的原因。然而，現在計劃正在被擱置，相信昆恩特斯那邊也在想最好的處理的方法吧。如果這件事提早被外界知道的話，昆恩特斯的股價一定會大受影響。犯人就是知道昆恩特斯財務情況，所以「綁架」了有反映了 CHOK 計劃已經推遲的資料，並要脅 A&B 索取贖金。

可是要求的贖金金額那麼低，不免令人覺得犯人是另有目的。

「老大。」一個女人出現在唐輔身旁，並把手中的手機遞給他。「證監會。」

「謝謝，亞雪妮。」唐輔接過手機。因為昆恩特斯團隊中有女人，所以唐輔把局中的女警亞雪妮叫來陪同她們回家拿東西。亞雪妮去年才調過來當探員，雖然她在組中是最年輕的，可是她的組織力比很多人都強，當有案子需要跟進很多瑣碎的事時，亞雪妮就是最能幫到唐輔的。像這次她就在後方安排了所有的事情。

因為犯人要求的贖金金額偏低，唐輔第一時間想到犯人的目的根本不是要贖金，而是利用手上的資料在股票市場上大賺一筆。所以他要亞雪妮連絡了證監會，請他們調查關於昆恩特斯有沒有不尋常的交易。

「喂？唐先生嗎？我是證監會的凱文，剛剛你的同事亞雪妮大概把情況告訴我了。」電話另一端傳來正經八百的官腔。

「那？」

「關於你提出的調查，我們是有能力查到的，可是由於私隱問題，恕我們不能透露是誰進行了哪些交易。如果你真想知道那些資料的話，可以向法庭申請許可。」

「這個我會去辦，可是時間有點緊，不過我想先說，這關係到昆恩特斯的短期內的股價波動。如果能作出防禦性的行動，可以讓投資者避免不必要的損失。」

「……」

「當然，這是針對有不尋常交易為前提。」

「其實，」唐輔感到電話另一端的語氣官腔好像減少了。「我們的系統有通報機制防止內幕交易，如果有不尋常的交易，系統已經發出警告了。我可以告訴你，這幾天都沒有這樣的警報。我們會再一次調查，但我最快要明天才能回覆你，你也知道昆恩特斯是其中一支最活躍的股票。」

「是的，我明白，謝謝你。」說完唐輔便掛了電話。

究竟是為了甚麼？這個問題在唐輔腦中久久不能散去。

證監會的凱文說得對，如果有問題的交易，系統已經發出了警告，可是這幾天都沒有和昆恩特斯有關的不尋常交易。

既不是為了贖金，又不是為了在股票市場撈一筆，那「綁匪」的目的是為了甚麼？

唐輔覺得，只要能弄清犯人的目的，就能抓住他。

還有犯人稱自己「綁架」了資料，可是一般來說，「綁架」是指如果不交贖金便會「毀滅」肉票，可是這次是如果不交贖金，「肉票」——也就是資料，卻是會被公開。根本就是反過來嘛。唐輔按了按太陽穴，原來，不要讓東西公開是如此困難。

「老大。」保羅走進房間，示意有話要和唐輔說。聽到聲音的Ａ＆Ｂ的人都稍微看了他一眼便低頭繼續工作。

唐輔和保羅走進其中一個房間，亞雪妮留在客廳待命。

「老大，你叫我去查昆恩特斯團隊中人的手機通聯紀錄，我拿到手了，已經存在裡面。」說著保羅把手中的平板電腦交給唐輔。「不過有一點很奇怪。」

唐輔揚一揚眼眉。

「電訊公司那職員替我調出那個植嶝仁的資料時，他說今天曾有人追蹤過他的手機的位置。」

手機追蹤？

「不過好像他的手機一直在關機狀態所以並不成功……老大，你怎麼了？」

「啊，沒有……對了，總局那邊電腦專家怎樣了？」

保羅搖搖頭。「我再問過了，他們在忙著，好像被借調到別的市分局，有甚麼機密大案子所以還不能分身過來。」

「嗯，我知道了。你在這裡和亞雪妮留意著他們的動靜，有甚麼事打我的手機。」

離開公寓，唐輔走回 Ａ＆Ｂ 所在的大樓，在電梯大堂時他的眼角感到有兩個奇怪的身影。

唐輔不動聲色，盡量不讓那兩個人知道自己已留意到他們的存在。

以等電梯來說，他們站得好像有點遠，而且他們的衣著，不大像是在這裡上班。以等人來說，他們的表情好像太嚴肅了點。

本來唐輔還想觀察多一陣子，可是電梯不巧在這時打開了門，為了不打草驚蛇，唐輔只好若無其事的走進電梯。

他們是甚麼人？唐輔帶著疑問直走到約翰在頂樓的辦公室。

「還好嗎？」約翰看到唐輔，壓低聲問。

「我需要你幫我一個忙。」唐輔順手把門關上。「有沒有辦法可以看到昆恩特斯團隊中人的人事檔案？」

沒想到約翰竟然露出微笑。「我還以為你不會問。」然後他從口袋拿出鎖匙打開抽屜，裡面有一部舊款的筆記型電腦。「你要的檔案我已請人事部存到這部電腦了，登入ＩＤ和密碼寫在貼在屏幕上的便條貼上。你從這裡出去轉右直走到走廊盡頭有個小會議室，已經留了那個房間給你用。這是我秘書的內線號碼，有甚麼可以叫她。」

唐輔聽著約翰的安排也不禁驚訝，原來他也想到自己會走這一步，看來這個高級副總裁也不是白當的。

「看來你退休後應該當警方的顧問。」唐輔笑說。

「不，退休後我才不要工作。」約翰用拳頭輕打唐輔的肩。

小小的會議室內，約翰已命人放了飲料和小吃，唐輔倒了杯咖啡。

他第一個便是看植嶝仁的檔案。

直覺告訴唐輔，這個植嶝仁不是那麼簡單。雖然是ＩＴ部的年紀輕輕的小職員，可是他的舉手投足，都給人有種不協調感，但是又說不出有甚麼奇怪的地方。

五年前從不是甚麼有名的大學計算機科學系畢業，三年前入職，每年的表現評核都是中規中矩……看起來沒甚麼特別。

大學畢業後有兩年的空白，話雖如此，可是唐輔記得那是美債危機爆破、影響到全球經濟的時候，植嶝仁又不巧是唸電腦的，在企業都緊縮開支下，ＩＴ就是重災區，所以兩年找不到工作也不足為奇。也許他有打零工，可是那種經驗在申請Ａ＆Ｂ的工作時是不會呈上的。

唐輔本打算跳到下一個員工的人事檔案，這時一個欄目吸引了他的注意。

「介紹人」。

對喔，在Ａ＆Ｂ這種大公司，如果沒有人介紹的話，可能連面試的機會都沒有。

介紹植嶝仁的，是個叫羅素・馬奎的人。

羅素．馬奎……很眼熟的名字，在哪裡看過……唐輔想著。

啊，他站起來，走出房間，過了兩個辦公室，他停在一個辦公室的門前。

「羅素．馬奎」——門牌上的名字。

辦公室裡面沒有人，可是一看那個辦公室便知道是屬於甚麼重要的人的。

「你要找馬奎先生？」背後一個聲音響起，一個看起來像是秘書的婦人。「他在休假，下星期才回來。」

「休假？」真巧。唐輔不禁想。「他有沒有說去了哪裡啊？」

「嗯，馬奎先生到了他在多明尼加的別墅，他每年都是這個時候去的。別墅所在沒有網路，手機好像也接收不到。」秘書以為唐輔要急著找羅素。「你有緊急事情要找他？公事上的問題可以和其他高級副總裁說。」

「啊，不，沒有甚麼緊急的事。」

秘書正要離開時，唐輔再叫住了她。「請問……」他指著羅素．馬奎的辦公室。「他的職銜是？」

讓唐輔意想不到，秘書露出一臉對自己不屑的神情。「你不知道？羅素，是這裡的行政董事，也就是這裡最高級的人。」

植嶝仁竟然是由Ａ＆Ｂ最高級的人介紹到這裡工作的，看來這個傢伙來頭不小。

對了，就是這個不協調感。作為小小的ＩＴ部職員，突然被召到高級副總裁約翰的辦公室，理應會感到不安才是。連和約翰一起工作多時的朗奴，都是恭恭敬敬的，可是植嶝仁沒有半點怯場，這傢伙平日一定常和高地位的人打交道。這也可以解釋為甚麼約翰好像對這個ＩＴ男全盤信任。

不過如果他是由行政董事這麼高級的人介紹進來的話，照道理他應該不會做出損害Ａ＆Ｂ的事呀。

可是，如果是辦公室中的政治鬥爭的話……如果這個植嶝仁是馬奎的人，特意要設計害約翰的話，當然，有誰比ＩＴ部的員工更有力呢？

不過如果是要陷害的話，為甚麼要待三年？

「工作勤快，普遍評價不錯。不過缺乏和同事之間的互動。」這是過去的表現評核中ＩＴ部主管的評語。缺乏互動……這又挺像蟄伏在一旁，伺候機會出擊的人的舉動。

至於其他人，履歷也真千篇一律。不外是大學商業或是金融系畢業，大都是在學時已聘為實習生，畢業後順理成章地獲聘為長工，然後考到ＣＦＡ的執照，按部就班地升級……

喔，原來也有會計師執照的牧野當年在會計師考試是全省第三名，而石小儒也是大學一級榮譽畢業。看來這個昆恩特斯團隊真是臥虎藏龍。

其他人的履歷沒有甚麼特別發現，唐輔拿起他自己的平板電腦，點選了保羅替他下載的手機的通聯紀錄。紀錄是到今早十一點，也就是約翰已經收到勒索信後。保羅已經把這五天內昆恩特斯團隊中的人接過和打出的電話根據次數排列好，所以他們這幾天和哪些人連絡得最多也一目了然。看起來這些人的人際關係也很單純，來來去去也是幾個電話號碼，年輕一輩例如石小儒和牧野的多是短訊往來，很少是通話的紀錄，保羅已經還在旁邊做了簡單的筆記。

唐輔特別在意今早的通聯紀錄，因為據石小儒所說，昆恩特斯是昨晚才把現金流量的分析交給她，如果是存心「綁架」財務資料的話，而那又是知道昆恩特斯今年財務的內情的人，必會等到確定CHOK會被暫延才動手，所以今早就會是最關鍵的時間。可是，昆恩特斯的組員都沒有甚麼特別的電話打出或打入，都是查覆留言信箱的電話。除了牧野差不多十一點時打了通電話到唐人街的一個地址，保羅已經查證了那是一個珠寶商的電話，這和牧野說到了珠寶商工作室的說法吻合。

唐輔把這幾天的紀錄看了一遍，都沒有甚麼特別，之後他叫出了植嶝仁的紀錄。植嶝仁今天沒有任何手機通話紀錄，整個早上，連一通電話也沒有打過，也沒有接過任何電話。

令唐輔在意的，是有人對植嶝仁的手機進行了位置追蹤。據電訊公司的職員說，有人嘗試追蹤植嶝仁手機的位置，可是因為手機在關機狀態而不成功。

對了，也許植嶝仁的手機一早便在關機狀態，這和今天沒有任何通話紀錄的情況吻合。

可是，是甚麼人要找出植嶝仁的所在？思考的同時，唐輔的目光無意間掃過眼前的電腦。

電腦！

這次「綁架」事件的犯人，明顯是對電腦有一定的認識，所以自己才會第一個懷疑植嶝仁，而且他也是A&B內部的人。

如果植嶝仁有共犯呢？

竟然忘了所有綁架案，對綁匪來說，最困難的地方就是交贖金。所以一般而言綁架案都會是一幫人犯下的，在交贖金的時候便可以有更大的彈性，減低被逮到的危險。

不論植嶝仁是主謀還是同伙，他的作用就是在A&B裡作內應，留意著昆恩特斯團隊的一舉一動，再向外面的同伙彙報——這就是他們的計劃。

問題是，植嶝仁無意間被捲進來了。他和昆恩特斯團隊中人一樣，被當成嫌疑犯，受到警方的監視。而不知是真的還是他撒謊，他聲稱自己的手機不見了。如果他的手機真的是不見了的話，他不能連絡他在外面的同伙，在自己和保羅的監視下，即使植嶝仁真的把手機藏了起來，要瞞過監視去打電話也不是易事。

因為這突如其來的意外，植嶝仁來不及通知他的同伙，而A&B外面的綁匪，久久不見植嶝仁連絡，一方面擔心他出事了，另一方面也擔心被植嶝仁出賣。

他們當中也許有個電腦駭客，他駭進電訊公司的系統，想利用手機追蹤功能找出植嶝人所在的位置，可是由於手機是在關機狀態而不成功。

如果真的是這樣的話，捉拿綁匪最有效的方法，就是讓植嶝仁和綁匪接觸，然後找出綁匪的所在，可是這樣太冒險了。萬一打草驚蛇，「人質」就很危險。

唐輔知道，和一般綁架案一樣，自己的首要任務，是要確保「人質」的安全，也就是不讓資料被公開。可是眼下這個情況，唐輔猜不透綁匪真正的目的，所以根本不能採取任何行動去確保綁匪不會因為察覺勢色不對而突然公開資料。

唐輔關了平板電腦，揉了揉太陽穴。

如果自己是植嶝仁的同伙，他會怎樣做——唐輔常常代入犯人的角色，希望用犯人的想法去推算出下一步的行動。

如果是自己，一定會慌了吧，犯罪已經進行得如火如荼，可是在這關鍵的時候植嶝仁卻怎樣也連絡不上……如果是自己就一定會……

「對了！」唐輔喊出來。剛才在電梯大堂那兩個人！穿著和上班族不搭調的便服，在角落裡像是等誰的樣子。

錯不了，他們是植嶝仁的同伙，特意在他公司樓下等他。

唐輔感到自己的心跳快起來，既然同伙出現，一定要好好利用。

7

星期三，10：00PM。

「喂，小儒，這是怎麼了？這個數字是怎麼算出來的？」朗奴指著文件其中一頁，用裝得有點嚴厲的聲音問。「只是這樣一個數字叫人怎知道啊？」

「這……我不是在旁邊加了附注嗎？」石小儒指著數字旁邊的附注。

「噢，我沒看到……原來在這裡啊。」這時朗奴知道，即使沒有人抬起頭，但是所有人的目光，都在暗暗地盯著自己。本來是要在眾人面前教訓下屬，可是卻變成自己在人前出醜。

這真是自找麻煩。朗奴暗忖。明明自己已經完成手頭上的工作。

朗奴還留下來，因為艾蓮的關係。

已經是晚上十點，可是由於時間緊逼，艾蓮必須今天完成昆恩特斯和夫路茲有關的估值。而朗奴的工作，只是負責另一間小型子公司的估值。由於昆恩特斯決定在融資定案前暫停 CHOK 的研發，所以夫路茲是這次融資計劃的核心，而其他的小公司，只是昆恩特斯看看能不能也順便賣出去，好整頓公司的架構。

任何人一看便知艾蓮的工作比朗奴的重要得多，所以她有經驗較多的牧野幫她手，而朗奴只有石小儒這個初級分析員幫他。艾蓮也不給他面子，有時候還恃著自己負責的部份較重要而借去了石小儒幫忙。

艾蓮和自己同期入A&B，大家都是從實習生開始做起，朗奴一直循規蹈矩，雖然不擅辭令，但憑著穩打穩紮的知識，一步一步升上現在的位置。

而艾蓮不但也很聰明，但是她有朗奴沒有的東西，那就是討人喜歡的性格和人脈。她其中一位大學的同學，就是昆恩特斯企業發展部的高層，所以當初A&B第一次為昆恩特斯提供諮詢服務時，艾蓮順理成章被選入團隊中，並一直是中堅份子。

那還不止，她沒有一般女投資銀行家的氣焰，後輩都和她走得很近，這也讓她常常可以得到優秀的分析員替她辦事。

這個女人，只是運氣比自己好罷了。朗奴常常這樣對自己說，他一直很不爽，一直不想輸給艾蓮。

「天啊……」牧野突然爆出一句。「你們快來看！」

「又怎麼了？」朗奴沒好氣的喊。

「網路上出現了這一則傳聞：『無良企業昆恩特斯，不良產品為害國民』。」已經沒有人問為何牧野會在這個時間上網。

「這裡說昆恩特斯前陣子為了趕及推出新的家用軟體，不理其實程式有漏洞，結果導致很多用家的電器損壞。」石小儒邊看著牧野筆電的屏幕邊說著。

「看這裡！這裡還說網上有一些自發群組，說要聲討昆恩特斯，還有這裡，連結了很多惡搞昆恩特斯廣告的圖片。」

其中一張圖片，本來應該是窈窕女模特兒輕鬆地操控著手中的夫路茲手機，腳邊是一部吸塵機和一隻狗。但現在女模特兒的頭像被改成昆恩特斯行政總裁的臉孔，旁邊的狗的圖像也被改成財務總監的樣子。

「連、連卡羅斯都被惡搞了！」朗奴喊著。卡羅斯是昆恩特斯的財務總監。

「大概是因為他常常在媒體露面。」牧野笑著說。「嘿嘿，也挺相襯嘛。」

「不要亂說話。」艾蓮推了牧野一把。

「你看！這裡有個連結，說是那個有漏洞的程式編碼。點進去看看！」

牧野點進去連結，是一張屏幕的截圖，是一行行的程式，某些行還被用紅圈圈著，指出有甚麼錯誤。

「如果這是真的話，又好像真的有很多漏洞啊。」艾蓮捻著下巴喃喃說著。

「不過不要那麼快下結論，你們看這裡。」牧野接著打開了另一個視窗。「另一邊有些網民在聲援昆恩特斯，甚麼要維護本國的利益，愛國情緒都搬出來了。」

牧野說的是一個討論區，上面有不少支持昆恩特斯的留言，有些甚至說要把惡搞的人惡搞一番來報復。

嗶……嗶……突然傳來低沉的聲響，所有人都抬起頭。

那是放在桌上的手機震動的聲音，只是震動了兩下，那是有新電郵的訊號。

「呃，是我的手機。」朗奴在放在桌上的好幾部手機中拿起其中一部。他的手機最好認，就是當中型號最舊的。

該死的廣告電郵，竟然在這個時候傳過來，朗奴看了看標題便按下「刪除」鍵。他申請了好些免費的資訊，其中一項是每星期會收到一份金融業的招聘簡報，朗奴都會看看外面有沒有更好的工作，不過申報的電郵地址當然不是公司的，朗奴請朋友幫忙，把家用的電郵也連接到這部手機。

「吔。」朗奴按錯了鍵，變成在手機中打開了郵件，他連忙取消，並把郵件刪除。這個時候他也沒甚麼心情看招聘廣告。

「咦？我知道了……喂，ＩＴ人，我知道破解的辦法了。」朗奴興奮的走到植嶝仁身邊。

「破解甚麼？」

「不是說如果我們能比綁匪要求的時間早看到郵件中要求的事情，便可以早一步部署好嗎？」

「是的。可是你也看到了，只要一打開郵件，對方便會知道。」

「那可以用手機開啊！我們所有的郵件都會下載到手機中，等於一個備份，這樣不就可以在手機中讀到附件嗎？那就可以繞過綁匪囉？」朗奴沾沾自喜的越說越快。

看吧看吧，終於也可以在艾蓮面前威風一次了，白天艾蓮提出轉寄的可能性，大家都對她在這情況下仍能冷靜思考佩服不已，現在終於可以為自己挽回點面子。

「這行不通。」植嶝仁盯著電腦，看也沒看朗奴一眼。

「為甚麼行不通？」朗奴急著問，他沒想到植嶝仁一下子就反駁了他。

「如果把電郵下載到手機，開始只是電郵的標題下載到手機中，只有接到手機用戶打開電郵的指令，手機才會從電郵伺服器下載整個電郵。而這種下載，是同步的。」

「所以說，在手機讀取電郵和在電腦看沒分別。」艾蓮說。

「嗯。」植嶝仁點點頭。「所以也會引發讀件通知。」

「啊……唔。」朗奴想了一下。「可是這只是你瞎猜的吧？不能試一下嗎？」

「朗奴，我還有很多工作，我們沒時間玩兵捉賊遊戲。」艾蓮忍不住插嘴。「既然警方已決定照綁匪的意思，栢克又準備好贖金，我們便不要做那麼多無謂的事，而且阿植也說不可行了。」

植嶝仁沒有說甚麼。

其他人也沒有說甚麼，但是朗奴感到，所有人也在注意著他，而且暗地裡還像在嘲笑著他。

「哼！算甚麼！」

「朗奴，沒有人說甚麼，你在生甚麼氣？」艾蓮還是一貫的平靜。

「你們都沒心解決事件的！我可是真心為昆恩特斯這客戶著想啊！」

「朗奴……」植嶝仁想說甚麼。

「你這憑關係進來的人住口！」朗奴提高音量。

一瞬間，所有人僵住了。

「我想你是太累了，朗奴你還是去睡一下吧。」植嶝仁轉身想離開。

「你不要走，我還沒說完！」朗奴也站了起來。「我早就知道！你是靠大老闆馬奎引薦才能進入Ａ＆Ｂ的富家子！我知道像你這種平庸的人，不靠關係才沒有工作！」

連珠發砲後，朗奴留意到，坐在一旁的刑警盯著自己。其他人都沒有作聲，大家都想看植嶝仁的反應。

植嶝仁仍是剛才轉身要離開的姿勢，只是稍稍再面向朗奴。

「你說得沒錯。」植嶝仁說時沒有任何感情的起伏，看來不像有為朗奴的失態動怒。「我就是這樣的一個富家子。本來我是想一直遊玩下去的啊，可是家人替我安排了這份工作，我也是看在我這邊家人的份上才做的。」說完便轉頭離開了。

「啊，還有，本來我是不想說的。」本來準備離開客廳的植嶝仁又轉回頭。「如果這裡的每個人都像你這樣魯莽就好了。那資料一定一早被公開，我已經老早回家睡覺了。」

8

星期四，2：00AM。

是因為睡不慣陌生的床嗎？無法入睡的植嶝仁從房間的床上爬起來。

不，也許是還在介懷剛才說了過份的話。雖然嘴上說得滿不在乎，但其實自己頗介意被人說是靠關係的富家子，所以一直以來在公司行事都很低調，不過沒想到剛才被那個朗奴一說，竟然沉不住氣。

目光移到旁邊的床上，牧野已經在呼呼大睡。

植嶝仁披上運動外套。去看一看吧，道個歉也好。

「啊，睡不著？」一出門，便和重口音刑警唐輔碰個正著，看來他剛從廚房出來。

「不，只是有點口渴，這裡很乾燥。」對了，忘記現在自己是被監視的一群。「你是懷疑我會幹甚麼嗎？」

唐輔沒有說甚麼，明明已經倒了水，卻又和自己一起走到廚房。

「每個人也有不想別人知道的秘密。」唐輔突然冒出一句。「被揭穿時當然不好受。」

「還可以，又不是甚麼不能見光的事。家族的成功不代表我一定要有某種成就。」

來到客廳，保羅在沙發上睡著，看來他和唐輔是輪流待命吧。艾蓮還在工作，而朗奴，則伏在桌子上睡著了。

「叫他回房去睡又不肯。」石小儒邊收拾邊輕聲地說。

「嗯，工作完成了？」

石小儒點頭，然後隨手在放飲料食品的桌子拿了兩罐汽水，示意植嶝仁到客廳去坐。

其實植嶝仁已經很累，可是他還是欣然接受石小儒的邀請，不是他在這時候很需要個談話的伴，而是他想試探石小儒。

植嶝仁認為，偷走他的手機的就是石小儒，但是他沒有證據。他希望在談話間可以揪到石小儒的破綻，去證明她就是這起「綁架」事件的主謀。雖然他不知道為甚麼石小儒要這樣做，也沒想過證明石小儒是犯人後要怎樣做，但他知道他不會把石小儒供出來。

「朗奴說的事，你不要介懷。」

「嗯。沒想到他會知道。」植嶝仁伸了個懶腰。「我以為我隱藏得很好。」

「其實……大家都知道。」

誒？

石小儒垂下頭，好像故意不和植嶝仁的目光接觸。「進 A&B 不久就聽到有關你的八卦。」

「這樣啊……那妳聽到的是怎樣的八卦？」

「就是你是香港富商的兒子，在這邊也有很多家族生意，家人和大老闆馬奎熟稔，家族第二代很多都是在本國唸書後回香港或是各地打理家族生意……除了一隻黑羊。」這時石小儒笑了一下。「你和你父親的樣子一點也不像。」

「我算是第三代吧，不過我爸也是在這裡唸大學……噢，我長得比較像我媽。」植嶝仁喝了一口汽水。「那隻黑羊大學畢業後並沒有加入家族企業，而是在各地旅行了一陣子。本來打算隨便打工賺夠錢再去旅行的，但是家人擔心我闖禍還是搞出甚麼醜聞影響家族生意，所以為我安排了這份工作，好讓他的朋友馬奎、還有住在這裡的姑姐看著我。」

「所以你是身不由己？」

「也沒有身不身由不由己的。反正如果我到便利店還是甚麼去打工的話，家裡的人還是會派人監視著我，現在的工作比便利店輕鬆，薪水又不錯。再過半年吧，我就會辭職去旅行了。」

「你真說得瀟灑，家裡的不是值幾十億美元的生意嗎？就那樣放棄分一杯羹？」石小儒一臉羨慕。

「妳對我家裡的事知道得好像比我還要多。」植嶝仁攤在沙發。「幾十億？我真的沒有概念。」
「我也沒有，只知道是很多很多錢。」石小儒笑。
所以妳只要十萬贖款嗎？植嶝仁差點衝口而出問。「那只是帳目上而已，又不是有幾十億在家中。」
「咦？你也懂帳目？」石小儒換了個好奇的表情。這麼晚了，她仍可以有那麼豐富的表情，植嶝仁很難不認為那是演戲。
「好歹當年高中時我也唸過商科。」植嶝仁忍不住打了個呵欠。「當然你們現在面對甚麼融資問題我完全聽不明白。」他試探著，眼角留意著石小儒的反應。
「說穿了只是一堆數字。」
「既然只是一堆數字，為甚麼大家都那麼緊張？」
「那我就靜悄悄的告訴你喔。」石小儒壓低聲音。「昆恩特斯在家電方面的生意，其實市場已到達飽和，未來並不會有很大的發展空間，所以成功開發CHOK，是昆恩特斯更上一層樓的關鍵。昆恩特斯收購夫路茲，就是看中他們有手機生產技術，這樣就可以把系統安裝在自家的硬件，而不用靠其他手機生產商，並能在市場上佔有很大的優勢，而且利用CHOK，昆恩特斯在收費上能比其他公司更有優勢。」
植嶝仁畢竟是唸電腦的，對這點很明白。「那系統有甚麼問題？」
石小儒搔搔頭。「其實我也不大明白，好像是在測試時發現系統和手機的整合上出了問題，所以，裝有這新系統的手機，會比預期最少遲半年推出市面。」
遲半年，以現在競爭那麼激烈的手機市場來說，半年可以是致命的關鍵。
「不過那好像更令人期待吧？我記得網上看過有些人甚至會留著預算去等夫路茲的新手機。」
石小儒笑著。「其實大家也看到CHOK對昆恩特斯來說可以是危也可以是機，但是沒人敢說。」
植嶝仁看著石小儒。他真的很想問她，如果真的是這樣的話，為甚麼她不乾脆勒索昆恩特斯，而這樣大費周章的向A&B下手？
「小儒……那妳認為，綁匪的目的是甚麼？」植嶝仁留意著石小儒的反應，他不希望錯過任何一個可能顯示出她是犯人的微表情。
石小儒呆了兩秒，再眨眨她的大眼睛。「不就是為錢嗎？」
「呃……可是十萬不是太少了嗎？」植嶝仁當然看到她眨眼，可是他不能分辨那是掩飾謊話，還是故意在裝可愛的眨眼。
「也是……」
像石小儒那麼聰明的分析員，不可能想不到這點的。她這樣反而讓人更覺可疑。
「不過，」植嶝仁嘗試多說一點引她。「會不會是要在股票市場撈一筆？」
「怎麼說？」

「假設犯人根本就是打算把資料公開，因為犯人其實一早已經沽空了昆恩特斯的股票，當資料公開昆恩特斯的股價大洩時，犯人便可大賺一筆。」

沒想到石小儒笑了笑。「你想到的事，那位警察先生一早便想到了。」她努一努下巴向唐輔坐著的角落。「他今天已和證監會連絡過了。」

「是嗎……」

看著石小儒的反應，植嶝仁不禁懷疑，難道是自己的推理有錯？可能小儒是為了其他原因偷了他的手機？而只是剛巧公司也發生了綁架案？或是，根本就是自己搞錯，自己只是不知在哪裡弄丟了手機？可是今天早上，碰過自己手機的人只有石小儒。

今早……

對了，如果不是石小儒來找他，他也不會被捲入這次事件中。現在自己也許已在家中的床上造了好幾場夢了，植嶝仁終於感到有些倦意。

等等。

石小儒來找他，是因為本應在內聯網上、昆恩特斯的財務資料不見了。後來才知道檔案是被「綁架」了。也為了不讓昆恩特斯資料「被綁」的事傳出去，植嶝仁和整個負責昆恩特斯諮詢工作的團隊也被要求留在這裡，除了公事必須外不准和外界連絡。

可是，要達到「綁架」的目的，犯人不一定要把內聯網上的檔案也移走，只要做個備份不就可以了嗎？如果是怕約翰不相信，犯人寄勒索信時只要附上檔案，就可以證明自己真的有檔案在手，而事實上犯人也有這麼做。

為甚麼要把內聯網上的檔案也移除呢？

「小儒，妳可不可以過來一下？」艾蓮輕聲叫，應該是怕吵醒朗奴。

「怎麼了？」石小儒坐在艾蓮身旁。

「妳以融資計劃A作假設的現金流量，投資者的回報為甚麼沒有包括科研證券的？」

「啊……」

是錯覺嗎？植嶝仁感到石小儒好像朝自己的方向瞄了一眼。「讓我來看一下，我肯定有計算那個的，可能在公式裡忘了加入。」

「那可是差很大耶，下次小心一點。」艾蓮也嚴厲起來。「其他兩個現金流量表也檢查一下。」

「是的，對不起。」

科研證券？那是甚麼啊？植嶝仁想著。

剛才石小儒肯定是看了這邊一眼，沙發上除了自己外，還有睡著了的刑警。

難道和報表被綁架有關？植嶝仁裝著伸了個懶腰，緩緩的走向自己放在桌上的電腦。

比對鍵盤和勒索信的程式還在運作，植嶝仁假裝看那個程式一會，便打開了瀏覽器。

「科研證券是一種新興的證券，本質和多年前流行的按揭證券相似」——網上百科如是說。

因為不知道按揭證券是甚麼，所以植嶝仁唯有再點入網上百科有關按揭證券的解說。基本上按揭證券就是機構向銀行買入一籃子的貸款，然後組成一個投資組合，再發行這個投資組合的單位在市場上流通，也就是按揭證券。

「科研證券和按揭證券很相似，投資者投資一籃子的科研計劃，再把這些計劃組成投資組合，然後出售這個組合的單位。」

植嶝仁連結到一個部落格，裡面提到這幾年國內不少有潛力的大企業都被私有化，或是行業的合併，令公開市場上能作投資的選擇越來越少。可是另一邊，政府這幾年大力鼓勵研究，雖然政府已提供很多津貼，但企業還是需要更多的資金來支持研究，也就造就了科研證券的產生。

「科研證券就是讓機構投資者，去投資科研計劃的工具。注資後機構投資者——假設是銀行——會得到將來科研成果的回報，銀行會分別投資不同企業的科研計劃，組成一個投資組合，再發售這個投資組合的證券。」

讀著這些資料，植嶝仁忍不住打了個呵欠，開始胡亂的點入不同的連結，這時偶然去到了一個讓他意想不到的新聞連結。

「植立金融拒絕透露企業全球科研證券的風險暴露程度。」

植立金融？植嶝仁感到睡意全消。那不就是老爸旗下其中一間主要公司嗎？

那段新聞說，植立金融上季度業績比預期差，因為在一些科研證券的投資虧了本，消息指植立金融是亞洲最大的科研證券發行人，它和其他植家控制的姊妹企業也是全球其中一個手持大額科研證券的機構投資者，可是當記者問植立的發言人究竟植立在科研證券的風險暴露有多少時，他們以涉及公司策略為由拒絕回應，由於植立金融屬植立集團全資擁有，其個別財務狀況並不需要對外披露。

老爸也牽扯上科研證券？植嶝仁不自覺的咬了咬唇。這是他來到這裡後第一次有緊張的感覺。他連上了父親掌舵的植立集團的網頁，這是他做夢也沒想過會做的。

在網頁搜尋科研證券，得到的結果卻是寥寥可數。

財務報表有提到，可是資產表只列出短期票據投資的總額，而在附注中只列舉短期票據投資包括政府短期債券、科研證券、貨幣市場的投資等等。所以根本不知道有多少屬於科研證券。另一邊報表也有披露證券化的事，不過植嶝仁根本看不明白。

不過另一則結果是不久前公司發的新聞稿，說明植立支持科研的立場，不過和一般機構投資者一樣，植立投資不同風險回報的工具，包括科研證券，但植立對市場的運作極具信心云云。

植嶝仁打開另一個瀏覽器，回到網上百科嘗試了解科研證券的運作。

一個欄目談到有些歷史。從前最傳統的做法是企業找肯承受這個風險的投資者，雖然風險高可是也有可能有很高的回報，當年就有很多所謂風險資本專投資這種新企業，當年夫路茲也是靠這個才能熬出頭來。不過金融海嘯後市場對投資也越來越僅慎，即使是一般股東，也不願意讓運作得好好的企業涉及高風險的研發。問題是長此下去會影響社會的發展，於是政府大力提供津貼鼓勵科研，而幾年前也出現了科研證券這東西，投資者只投資某個科研計劃，這對已運作成熟的企業很吸引，因為這樣一來，企業只和投資者分享特定項目的回報，而不是像股票或債務般會被其他投資者削弱對整個公司的控制權。

「為甚麼你在看科研證券的事？」石小儒突然出現在植嶝仁的身後。

「啊，沒有，剛剛聽到妳說起嘛，便好奇看看囉。」植嶝仁搔著頭，然後趁石小儒不留意的時候他把和老爸和植立集團的瀏覽器關了。

「不過也不大明白。」他感到石小儒的語氣和之前對他說話時有點不同。

「小子，你哪裡不明白哪？」沒想到艾蓮會搭話。

「艾蓮姐……」石小儒想說甚麼。

「好啦好啦，反正這個時間昆恩特斯那邊也沒有人，也沒甚麼能做。」

「我去整理一下檔案。」石小儒好像生氣般走開了。

「沒關係，她大概在氣我好像不著緊審閱她的東西。」艾蓮笑著走到植嶝仁身後看他的電腦屏幕。「其實你知不知道我們在做甚麼？」

植嶝仁搖頭。

「和很多科研計劃一樣，CHOK 的關鍵是資金，金融機構注資，然後把 CHOK 和其他科研項目包裝成科研證券。可是本來合作的銀行，現在因為 CHOK 系統的問題，決定中止合作，所以我們便替昆恩特斯重新找願意投資的金融機構，眼下有三個有興趣的投資者，我們就是要在這三個方案中協助昆恩特斯選出最適合的，並參與整個融資計劃的諮詢工作。而關於科研證券，你哪裡不明白？」

「這裡說科研證券本質和按揭證券一樣……」植嶝仁指著屏幕。「按揭證券不就是很多年前導致金融海嘯的元兇嗎？」植嶝仁那時還在唸高中。

艾蓮笑著。「甚麼元兇不元兇的，有些事物本是中性的，只是有人用錯，才導致一發不可收拾。總之，按揭證券就是金融機構把手上借出去的很多按揭貸款『包裝』成一個組合，然後把這組合的權益分成一個個短期——例如一個月——的單位賣出去，這就是按揭證券。一個月後證券到期，金融機構便會再把這個組合的單位在市場上出售，賣到的錢連同借款人的還款，便能贖回到期的證券。就這樣一直滾下去。」

「可是金融機構怎樣賺錢……啊！」植嶝仁差點從椅子上跳起。「賺差價！」

「聰明。」艾蓮笑。「投資期越短回報越低，例如五十萬房貸利息是七厘，銀行向投資者賣，就當是你好了，賣五十萬買了一個月期的票據，年回報假設是四厘。再把那款項借給我去買房子。一個月後……」

「一個月後，妳還款給銀行，連同七厘的利息。銀行再給證券投資者四厘的回報，從中賺了三厘。可是我不明白，我向銀行買的證券是一個月期的，那就是一個月後銀行不但要給我四厘的利息，還要把那五十萬歸還給我耶。可是房貸多是二十、甚至是二十五年期的吧？開始幾年借款人不只是還利息嗎？銀行哪有五十萬給我呢？」

「你問到核心了。你說得對，銀行不會有五十萬去贖回你的證券，所以銀行會再賣五十萬一個月期的證券，假設利率不變，給那些投資者的回報也是四厘。所以那『新』的五十萬便用來贖回你的證券，而借款人還的七厘利息，四厘是你的回報，我就賺了三厘。」

「所以就是一直滾下去的意思。」

「嗯，以一個月期證券來說，四厘是很高的回報。所以當年很多投資者都會選擇這個作短線的投資。」

「聽起來沒有甚麼問題啊？那當年為甚麼會……？」

「因為我沒有還款給銀行囉！」艾蓮吃吃笑著。「假設我其實是個高風險的借款人，我再供不起那房子，便一直拖欠款項。因為這個緣故，銀行再賣證券時，卻沒有人願意買。一個月期到了，銀行卻沒有款項贖回你的證券。當然，這只是一個很簡單化的說法，可是根本上就是這麼回事。當時還有很多其他衍生工具一起產生連鎖反應。」

「原來如此……那現在的科研證券呢？」

「近幾年政府大力支持科研計劃，除了稅務上的優惠外還有各種補助。金融機構投資昆恩特斯的 CHOK，得到分享 CHOK 成果的權益，然後再售賣科研證券，而昆恩特斯每半年都會收到政府的資金，剛好可以支付投資回報給金融機構當利息。」

「可是昆恩特斯不是少了錢進行科研的嗎？」

「這就是科研證券的特色。一般來說，科研做得越久、離完成越近便越值錢。所以那短期證券，可以越賣越高，甚至可以是面值的百分之一百一十。取決昆恩特斯和銀行的協議，當中銀行也會提供一些資金給昆恩特斯。」

「可是……如果 CHOK 的研究失敗了的話……」

艾蓮點點頭。「消息一傳了出去，投資者就都不會再買下一期的包括 CHOK 的科研證券，金融機構賣不到錢贖回到期的票，說不定還會令投資者對所有科研證券失去信心，那整個科研證券的市場便陷入停頓……你知道現在市場上有多少科研證券嗎？」

植嶝仁沒有說話，他知道不可能是幾百萬。

「比當年的按揭證券還要多，單是 A&B 也有不少。人哪……是從來不會從錯誤中學習的，一賺到錢，便自我催眠說這和那時是不同的。」

所以這已不是單單企業表現提早洩漏出去影響股價的問題了，如果在這期票據到期前找不到新投資者，去向外界表明投資者對 CHOK 的信心的話，市場對下一輪的科研證券興趣會下降，整個科研證券的流動性可能一夜間停頓，手持科研證券的機構都會蒙受損失，昆恩特斯等於就可能是新一輪金融海嘯的起點。

一想到損失，植嶝仁立刻想到自己老爸。老爸的公司也有發行科研證券，也不知投資了多少在這些票據上，如果科研證券的流通性停頓的話，老爸的損失更是難以想像。

如果這個「炸彈」是從昆恩特斯引爆的話，這場「綁架」就可能是爆點，而自己正在其中，他從來沒想過，遠在地球另一方的自己、家族的黑羊，竟然可能會對事件有個影響。

植嶝仁看了一眼石小儒，她坐在會議桌的另一端，默默地打著電腦看著檔案。可是植嶝仁差不多可以肯定，剛才他和艾蓮的對話她一定聽到，然而都算健談的石小儒現在卻是一句話也沒搭上嘴。

——石小儒不想自己碰科研證券的事。這是植嶝仁的直覺。

可是為甚麼？既然她也把自己捲進來，既然她已告訴自己昆恩特斯不能如期完成CHOK的研發，那為甚麼她不想讓自己知道科研證券的事呢？

為了不引起石小儒的注意，植嶝仁故意盯著電腦屏幕的想著。可是他不知道，坐在他背後的唐輔，牢牢記著了他剛才和艾蓮的對話。

9

星期四，10：00AM。

唐輔本想在車上假寐一下，可是根本睡不著。一闔上眼，便在思考昨晚艾蓮和植嶝仁的對話。

科研證券。

本來不大願意帶他到昆恩特斯的約翰，今早卻突然來電，問他能不能和他去昆恩特斯一趟。

「今早我和他們的財務總監通電話時，談及了網上的事，我說起我警方那邊有朋友，可以來一個非正式的見面。」

約翰說的「網上的事」，應該是指網上對昆恩特斯的惡搞和程式外洩的事吧。約翰應該還沒有告知昆恩特斯那邊財務資料遭「綁架」的事，如果昆恩特斯真的面臨像艾蓮所說那樣不妙的情況，那只會引起更大的騷亂吧。其實這對唐輔也有好處，因為他現在可以名正言順的走進昆恩特斯，希望可以旁敲側擊的問出個端倪。

昆恩特斯離市中心半小時的車程，嚴格來說還算得上是位於大T市地區。約翰駕著他的高級歐洲轎車，唐輔只是今早六點多時和保羅換更後小睡了兩小時，所以他也想趁機補眠一下。

可是根本睡不著。不，即使是剛才也睡得不好。

事情越來越奇怪。A&B的昆恩特斯核心團隊都知道科研證券的事。假設犯人是因為知道這事而勒索，那為甚麼只要求那麼少的金額？究竟犯人的目的是甚麼？

雖然有新線索，可是好像又回到原點。

「調查是不是有甚麼進展？」約翰問。「你不會把我蒙在鼓裡吧？我可不想在客戶面前像個笨蛋。」

「蒙在鼓裡？究竟是誰被蒙在鼓裡了？」唐輔突然冒出一句，是太累了嗎？可是在他意識到不應這樣說時已經太遲了。

「你是說科研證券的事？」約翰才不是笨蛋。「我就猜你一定會找上這個的。」

「為甚麼所有事我不問你就不告訴我的？是你要我幫你調查，你就要相信我。」既然不該說的話都已經說了，唐輔也懶得修飾他的用詞。「還是你仍當我是一般警察？」

「OK，就當這是我的壞習慣。」約翰輕輕揚起其中一隻手。「對不起。」

「算了。」唐輔再閉上眼，雙手交叉在胸前。「還有甚麼有關昆恩特斯的事，請你現在告訴我。我也不想像個笨蛋似的。」

「沒有，我保證。」

兩人沒有再說話，車內只有收音機不斷更新的交通情報。

為甚麼會這樣的呢？老朋友竟然這樣相對無言。不，唐輔突然記起，他倆從前也不是特別多話，只是人到中年，對「老朋友」這個詞多了許多自己想像出來的浪漫憧憬。

昆恩特斯的總部就在高速公路附近，外表看來就像那些設計新穎的大型購物商場。超大的停車場停滿了車輛，約翰和唐輔也只能把車子停得遠遠的。

接待處的小姐認得約翰，她打了通電話，並著約翰和唐輔稍等一會。

唐輔還視著接待處，雖然不是很有氣派，但簡潔明亮的佈置正好配合昆恩特斯這種科技公司。偶爾會看到一兩個員工走過，他們都穿著休閒服。牆上掛著的電視屏幕放映著介紹昆恩特斯產品的短片：片中一身行政人員套裝的女人，利用手機操控著家裡各種電器，還沒下班回家便已經完成所有家務，讓她可以多點時間和孩子共聚天倫。單看這個景象，沒有人會想到其實昆恩特斯正陷入危機吧。唐輔看著臉上總帶著微笑的接待處小姐邊想著。

「久等了。」一個穿西裝的男人來到。「這邊請，卡羅斯已經準備好了。」卡羅斯是昆恩特斯的財務總監，唐輔想起頭像被惡搞放到狗身上的圖片。

這個帶路的男人大約四十多歲，一臉憔悴，眼鏡下的雙眼佈滿紅筋。和剛才一直碰到的其他陽光型員工截然不同。想必他也是隸屬財務部，現正為了融資的事忙昏天。

男人帶約翰和唐輔穿過採用了大量自然光、彷如商場的美食廣場一般的員工餐廳，到達應是財務部中的會議室，裡面有個和約翰和唐輔差不多年紀的人站在窗邊。

「卡羅斯。」約翰用輕鬆的聲音喊他，希望讓氣氛不要太緊張。
「約翰，你來了。這位就是你的朋友？」卡羅斯轉過頭來。唐輔立刻便覺得，那惡搞圖是故意挑最難看的照片的，卡羅斯像約翰一樣是個長得像個文質彬彬的紳士，但是眼前的他，和在媒體上比，臉上的皺紋好像比上鏡多，眼睛也好像比較凹陷，不過最重要的，是那獵鷹般的眼神，這是在電視或報紙上沒看過的，看來他是特地在媒體前做出比較溫和的形象。
「這是唐輔，我高中的同學。」約翰簡單的介紹唐輔，卡羅斯主動和他握手，唐輔感覺到他手的力度。「他是T市中區分局的刑警。」
「你看過網上那些傳聞了吧？」卡羅斯先問。
約翰點點頭。
「我不在意那些惡搞圖，我們在意的是，網上流傳著那篇程式，因為那確實是我們的程式。」
「所以你們想找出是誰把程式洩露出去。」唐輔搭話，怎麼那麼多外洩消息的？他心裡不禁想。
「其實，我們已經大致猜到了。」
「……達素？」約翰皺一皺眉頭。
卡羅斯默默地點點頭。

「達素是昆恩特斯的首席軟體工程師。」約翰給唐輔解釋。「他剛離職。」

「懷疑離職的員工，表示那不像是個愉快的分手。」

「他是因為不滿 CHOK 這個計劃被暫延而離職的。雖然如此，可是我認識的達素應該不是那麼幼稚會去報復的人，但是我想不到其他人了。我想，暫延 CHOK 的開發對他來說打擊很大。我聽說過，達素之前在慕尼黑受聘的公司，也是因為融資問題倒閉的。」

「那關於 CHOK 的暫延，你們有沒有考量到那對科研證券的影響？」既然一開始便談到 CHOK，唐輔便打蛇隨棍上。

卡羅斯沒有作聲，他坐下來，雙手握十，從眼鏡的邊緣盯著唐輔。

「如果不方便的話，這個問題……」約翰嘗試打圓場。

「作為科研公司，我們需要資金，金融投資者提供了我們所要的，我們給他們想要的回報，就是這麼簡單。」卡羅斯對唐輔的問題毫不迴避。「然後他們把我們的票據像雪球般越滾越大，這不是我的問題。」

「可是不是因為 CHOK 計劃的延誤引起的嗎？」唐輔其實心裡是想說「失敗」。

「你了解 CHOK 計劃嗎？」卡羅斯突然冒出一句。

是的，唐輔也只是昨天才第一次聽到昆恩特斯的背景，在此之前，他只知道可以用手機控制家中的吸塵機打掃。

「CHOK是二十一世紀順理成章下的產物。」卡羅斯說著，眼中多了份驕傲。「如果說二十一世紀開頭的十年是虛擬社交的興起，那我們正處於另一個時代，就是虛擬社交的動員。」

「動員？」唐輔有點詫異，作為財務總監的卡羅斯，對科技那方面好像也瞭如指掌。不過他立刻想起剛才一路上看到有如洗腦式的電視屏幕，難怪昆恩特斯裡每個人都對產品那麼熟悉並感到驕傲。

「上個世紀的科網熱潮，讓人們迷信在車房或地庫幾個朋友在電腦鍵盤上敲敲打打就可以賺大錢。之後的科網爆破，證明了單是網站是不可行的。可是人的記憶有限，那時候的小孩子，對科網爆破根本沒有設身的記憶。當他們長大了，又迷信虛擬社交，加上科技的成熟，所以那些社交、團購、分享網站就像傳染病一樣散播著。

可是這個熱潮可以撐多久？低收費甚至是免費的用家帳戶，如何支撐那麼大的一間公司？即使硬碟空間再便宜，還是要錢的。」

「不是說這些公司售賣用戶的資料嗎？」

「這個賺錢模式可說是CHOK的雛型。而CHOK的理念，則是更大型的動員。」

卡羅斯常常強調著動員這個詞，可見這就是CHOK的核心。

「互聯網這個虛擬世界，在二十世紀末和二十一世紀初高速發展，可是對人類來說，它最大的影響，是造就了一代人——一代懂得在虛擬世界中生活和溝通的人。他們的特性，就是很容易動員，而且當中的力量難以估計。對他們來說，尋人不是跑到街上，而是在社交網站貼張照片，然後大家不停轉發。遇到令人氣憤的事，只需要在網上PO文，不到二十四小時事件就會傳遍每個角落，還會有人評論對錯。」

唐輔點頭，他當年也常常用社交網站，只是年紀漸大了也就沒那麼勤。

卡羅斯看一看手錶。「已經中午了，不如先去吃午飯，我順便可以給你們看一些東西。」

他們來到昆恩特斯附近的餐廳，甫坐下卡羅斯便從口袋掏出一部手機，它的外殼沒有任何設計可言，只像是一個白色盒子。

「這是夫路茲還沒完成、最新型號的手機。我們一部份的員工，正是這個產品的測試者。」卡羅斯說著。唐輔想起汽車廠在測試新款汽車時，都會包裹著車身不讓人看到車子的設計。

他叫出了一個叫CHOK的應用程式。然後把手機放在檯面。手機的屏幕立刻顯示著他們正位於的餐廳名字，並有一行訊息：「要查詢過去兩星期的點單數據嗎？」

卡羅斯按了「Yes」，手機的屏幕立刻顯示了餐廳最受歡迎的幾項東西，和一些新增的菜色。服務生來替他們點餐後，手機的屏幕便顯示了他們點了的東西。

「為甚麼不乾脆可以用手機點餐？」唐輔問。

「科技不能取替人性，這是昆恩特斯的宗旨。」卡羅斯再沒有看手機一眼。「二十一世紀初的流動科技製造了一代不懂在現實中溝通的人，我們就是要還原人和人之間的互動，例如你上館子吃飯，和店員聊聊天，可能舒緩你一天工作的壓力。科技只是輔助。虛擬世界不是取代現實，而是更緊密的和現實結合。」

唐輔看了一眼在吧檯玩手機的年輕女侍應，他想說他實在看不出他們和店員有甚麼人和人之間的互動，不過當然沒有行動。

整頓午飯吃得尚算愉快，約翰和卡羅斯很有默契地不談公事，他們談著外地旅遊的見聞，兒女的事等等。

結帳時卡羅斯在手機按了屏幕上「結帳」的鍵，又有訊息出現：「用K Points結帳嗎？」

K Points？

卡羅斯選了「No」。

「請選您對這餐廳的滿意度，5為最高分。」然後下面是0到5的選項，還有「不選項」。

卡羅斯選了「4」。

「要留意見嗎？」

「No」。

屏幕最終顯示著：「謝謝您的評分，您新增了2點K Points。」

之後服務生走來為他們結帳，不過仍是沒甚麼表情。

「K Points？」唐輔口上這樣問，但他已大致猜到整個系統的運作模式。「就是你說的動員。」

「對，這就是虛擬和現實的真正結合。而實現這個可能性的，就是現在人們的被動員性。你看，剛才我只是按了幾個鍵，就像替高中生把跌落一地的書本拾起一樣的舉手之勞。」

「然後你便得到兩點K Points。」

「不只這樣，越多人來這餐廳、越多人對這裡有正面評分，這餐廳也會得到K Points。所以他們有動力要做得更好。」

「K Points就是虛擬世界的貨幣，而CHOK，就是模糊了虛擬和現實這條界線的產物。問題是，CHOK要成功，就需要大量加入的人和機構，這樣K Points才能流通。」

卡羅斯滿意的點點頭。「約翰，你有那麼優秀的朋友，為何我從不知道的？」

約翰笑著喝了口水。「他都是最重要關頭才現身的。是嗎？」

唐輔只是低頭喝餐後咖啡。

卡羅斯繼續說：「以前虛擬城市不可行有幾個原因：當時科技不容許。用戶要不就要在家中用電腦上網，甚至要到特定的地方用特定的器材，然而現在流動網路的科技已完全成熟，用戶只要有手機便可以隨時隨地連上網路的虛擬世界。另外就是虛擬和真實的分野，從前所謂虛擬世界要不就是把現實世界能做的事搬到虛擬世界裡，例如在網上購物；或是整個世界都是虛構的，例如RPG遊戲。可是兩種虛擬世界的共通點，是和現實的接點——也就是貨幣。兩種虛擬世界，用的是都是現實的貨幣。」

唐輔點頭。他當然有在網上購物，年輕時也玩過RPG遊戲，兩者都需要用信用卡付款。他還有網上購物專用的安全戶口，那也是連著他的信用卡。他還記得，曾經為了讓遊戲裡的人更強，而向專職打電玩的人買武器。

「可是真正的虛擬和現實世界結合，也就是CHOK的優點，是不需要龐大的圖像，去建構一個虛擬世界。支撐著這個虛擬世界的，是用廣大用戶的動員力。簡單的轉發、評分，拼湊成大量的資訊，用戶再利用這些資訊，然後再轉發、評分，一直循環下去。而昆恩特斯，就從中收取用戶費用，到將來大多數人都使用的時候，其他的手機生產商也會想加入，我們也就收取牌照費，那將會是一筆可觀的持續性收入。」

循環……唐輔覺得好像去到哪裡也聽到類似的事。

「卡羅斯，」約翰終於插話。「我還沒審閱我團隊準備的有關資料，可是如果是如你所說，CHOK將會是讓昆恩特斯在手機市場佔有先機的產品，究竟是甚麼原因，你們要暫延它的開發？」

卡羅斯沉默，唐輔看在眼裡，覺得他原有的傲氣好像一下子消失了。

「約翰，科研就是這樣，你無從估計它的成敗，目前CHOK的軟體有些問題解決不了，所以整個計劃延遲，而計劃也需要更多研發資金去儘快解決這個問題。」

「程式上的問題？不可以先把產品推出，遲些再發放修補軟體或是升級版嗎？」約翰問。這是軟體開發商常用的手法。先把未盡善盡美的產品推出市場，再推出修補程式或是升級版去修理原本的缺陷，網上剛出現的劣評也是針對這點。

「不是那麼容易，我們不能承受在修補軟體完成前程式出錯的後果。」

「因為 K Points。」唐輔說道。

卡羅斯點點頭。K Point 就是 CHOK 裡的貨幣，它不但是虛擬貨幣，還能在現實生活中使用，作用就好像商店的優惠積分或是航空公司的飛行哩數。如果程式有問題導致用戶的 K Points 結餘出錯的話，整個系統便會得不到用戶的信任，而 CHOK 最重要的「動員」，如果沒有足夠的用戶，K Points 便不會流通，CHOK 也不能成功。

離開時，卡羅斯問約翰：「對了，如果我的理解正確的話，我們預定這個星期五把報告寄給你，這個目標沒問題吧？」

「嗯，沒問題，我星期一就可以把我看完後的意見給你，希望最遲星期三便可以把最後報告寄給董事。」

之後他們一行人返回昆恩特斯的總部，約翰和卡羅斯談了一會有關針對 CHOK 的新融資方案對未來這個財政年度的影響，唐輔也對卡羅斯說大概會怎樣去調查程式洩露的事，然後整個會面大約在下午三點左右結束。

「怎樣？」約翰在車上問唐輔。「有沒有甚麼新線索？」

唐輔搖搖頭。「學到很多有用的資訊，可是我不敢說這是和案件有關。甚至可以說，在整個『綁架』事件中，昆恩特斯或是它的員工都是局外人。不過有一件事，剛才卡羅斯不是說報告會在下星期三寄給董事們？」

「嗯，下星期五就是董事會特別委員會的會議，屆時董事委員會審視我們的報告，並通過昆恩特斯的融資計劃，之後卡羅斯會在收市後的新聞發布會公布。」

「所以說，下星期才是董事會。」唐輔看著窗外的風景。「約翰，勒索電郵不是要我們在這個星期五前準備好贖款的嗎？」

「嗯。」

唐輔閉上眼，這次不是為了補眠，而是想專心思考。

下星期才是董事會，也就是說，報表要到下星期才會向公眾公布。可是，為甚麼綁匪要他們這個星期五前便要準備好贖款？為甚麼不給約翰限期到下星期五？那他不是會有更多時間籌更多錢嗎？

唐輔陪約翰回到市中心 A&B 的大樓，正在等候電梯期間，唐輔留意到電梯大堂角落有兩個身影。

又是這樣。唐輔記得，昨天來時也是有人在大堂像是監視著。唐輔不動聲色，和約翰一起走進電梯。

「約翰，你先上去，我轉過頭再上來。」唐輔邊說邊按了一樓的鍵。

在一樓走出電梯，唐輔利用樓梯走回地下大堂。

那兩個人還在，他們一個盯著電梯，一個盯著在大堂出出入入的人。

他們是在觀察，問題是，唐輔記得這不是前一天他見到的人。作為刑警，對記住人的長相這方面唐輔還有點自信。

究竟對方有多少人？假如那個植嶝仁真的是有份的話，眼前這兩個人，再加上前一天那兩個人，一共就有五個人了。這麼多人策劃這宗「綁架」案，以贖金來說不是太少了嗎？

這時候，其中一人轉過頭，有一瞬好像和唐輔的視線對上。

他看到自己了嗎？唐輔想，不可能，那個人只是在掃視大堂裡的每一個人。

然後，另一個人離開監視的位置，走出了大樓。

沒有多想，唐輔悄悄的跟了上去。那個人在Ａ＆Ｂ的大樓繞了一圈，然後進入了旁邊的大樓，並利用扶手電梯走到地下街。唐輔一直在那個人幾個身位的距離跟著他，可是那個人不像是有甚麼行動，反像是一直在兜圈子。

他們不是植嶝仁在這宗綁架案的同伙嗎？為甚麼這個人會在這裡兜圈？

不對勁。

這個人不像是為了甚麼在地下街走來走去，他在做的是……

這時那個人拐入洗手間內，可是唐輔沒有跟上去。

那個人一直在地下街兜圈，是要確定唐輔是不是衝著他們來的，他走進洗手間，如果唐輔跟進去的話，說不定那是埋伏，特意引唐輔暴露身份，那綁匪便會知道警察已經介入調查。

這不是反跟蹤術？為甚麼這些人那麼厲害？究竟是甚麼人參加了這場綁架？

如果一個人在這裡引開唐輔，那另一個人……

糟！

唐輔跑回Ａ＆Ｂ大樓，果然，另外一個人已不知所蹤。

10

星期四，10：00AM。

完成夫路茲估值的分析，並按了「儲存」鍵，艾蓮鬆了一口氣。

坐著看了屏幕幾分鐘後，她再把檔案寄給自己。

「這樣便不怕有甚麼閃失了。」艾蓮自言自語說著。

「艾蓮姐，妳這是甚麼意思啊？」石小儒嘟著嘴說。「妳在說我把內聯網上的檔案弄丟了。」

「是啊，就是妳讓我們被困在這裡的。」艾蓮笑著。

「艾蓮，妳不要戲弄小儒啦，她太認真了，不能開玩笑的。」牧野也加入。

可能因為年長的刑警不在，只剩下年輕的菜鳥，在飯廳工作的一眾人輕鬆的有的沒的說著，有時候還有笑聲傳出。

在艾蓮眼中，石小儒和牧野就好像嬰兒一樣。雖然他們加入A&B已一段日子，也許是亞洲人吧，石小儒和牧野看來都比實際年齡年輕。也許經驗多點的關係，牧野比較放鬆，工作時都有說有笑，而石小儒大概因為是最低級的關係，在團隊中比較拘謹，可是有時候又不自覺流露她稚氣的一面。

她看一看在沙發上睡著的植嶝仁，不禁露出一個會心微笑。

就像剛才小儒趁植嶝仁睡著的時候偷拍了他的睡相，這樣的事只有年輕一輩才會做，當年她也有在同事身上惡作劇。

牧野留意到睡著了的植嶝仁，本來也想作弄他一下的，但他突然醒來，嚇得牧野立刻跑回座位。

「唏，小儒，妳覺得那個有趣嗎？」牧野突然冒出一句。

「誒？」小儒眨了眨她的大眼睛。

「我剛才寄了個有趣的連結給妳，妳沒有收到嗎？」

「沒有耶……」

「讓我看看……」牧野打開他的電郵。「啊，我寄到妳私人郵箱，妳的手機沒有收到嗎？」

「誒……沒有……」

「沒關係啦，」牧野吃吃笑著。「讓我在電腦開給妳看。」

「怎麼了？」朗奴問。

「你們來看這個。」牧野揚手叫其他人過來。「這個人想向女朋友求婚，他瞞著女孩在網上建立了一個網站，上面放了對他們兩個來說有特別意義的歌曲，然後他在網上徵求人們幫忙，在他計劃求婚的時間，他帶著女友到了一個廣場。突然間，廣場的所有人一起哼了那首歌。在女孩還不知發生甚麼事時，男孩便拿出戒指。」

「牧野，他把門檻定得很高耶。別讓你女友看到這個，不然你有麻煩了，哈哈。」朗奴笑著說。「真是的，還真的有人會這樣幫一個陌生人？」

「朗奴，這很平常的啊。」牧野把雙手放在後腦杓。「網上世界別的不多，就是無聊人最多。你看，他只是在社交網站和討論區等發帖，便有五百多個人回應了。」

「那樣簡單便有五百多人行動？」朗奴有點不能相信的樣子。「難怪昆恩特斯會那麼重視 CHOK，背後的力量真是難以估計。」

朗奴你就是這樣，連自己最大的客戶也不了解。艾蓮心裡冷笑。幾年前在一次會議上昆恩特斯的行政總裁利爾便已經說過他當時的遠見，當時朗奴大概沒聽進去吧。

「唔……我也要好好想想怎樣求婚了。」

「是啊。」站在牧野後面、把玩著手機的石小儒點頭。「對女孩子來說，被求婚是一生人一次嘛，一定要難忘一點才行。」

「小儒，有沒有好點子？」

「你—自—己—想。」石小儒扮了個鬼臉便回到座位。

「牧野，你拿到戒指才說吧。」艾蓮揶揄著他。「老趙那邊竟然交不到貨。」

「嘖，中國人不是有句話叫『塞翁失馬，焉知非福』嗎？說不能我還有賺呢。」

「你說的話真奇怪。」石小儒笑著。「不要再幹無聊事了。唏，要給昆恩特斯特別委員會的投影片做好了，你可以給我看看有沒有地方需要修改嗎？」

「是是，工作工作。」牧野關閉了瀏覽器。「艾蓮，夫路茲的估值可以了嗎？」

「嗯，有關那部份的報告我已經寫好交給小儒了。」艾蓮指一指石小儒。

「是啊。」石小儒點點頭。「已經在投影片裡了。」

一輪玩笑後，各人又埋首在工作裡。艾蓮留意到朗奴的眼神有點不妥。

「喂，怎麼了？」艾蓮坐到朗奴身邊問。

「艾蓮……」朗奴偷瞄了菜鳥刑警保羅那個方向一眼。艾蓮識趣地扮作若無其事，為免引起保羅的注意。

「我在寫 SWOT 的分析嘛……」朗奴指著他的圖表。「其中一項風險是『首席工程師離職』……」

「達素？」艾蓮立刻知道朗奴想說甚麼。「但他名義上還是在休假中吧？昆恩特斯那邊是想待融資方案通過後才向外界公布的。」

「剛才看了牧野給我們看的短片，我想起了一些事。」朗奴利用瀏覽器連上昆恩特斯融資計劃的「數據房」。那就像一個網路上的檔案夾，放有所有和計劃有關的文件和其他資料，所有和計劃有關的人，例如投資銀行、律師等等，都獲發登入帳號可以自行登入讀取文件，省卻昆恩特斯員工要把資料交給不同人士的麻煩。

「有一個檔案是達素和行政總裁利爾的電郵往來，那檔案本來是有關 CHOK 用家測試階段的預算，可是我看下去那電郵串時，達素原來有向行政總裁提出過，CHOK可能會讓昆恩特斯面臨難以估計的風險……」朗奴按著滑鼠的手指不斷在轉動。「呀，就是這個檔案。」

艾蓮湊過去，那是一個從電郵列印成的PDF檔，都是零碎的電郵往來，每封電郵也只有一、兩句。因為是電郵串，朗奴讓艾蓮從最底開始看，是從去年三月開始的。

3月4日，4：15PM——寄件人：達素
收件人：利爾

「參加測試的用家已選定。五千五百人。」

3月6日，8：23AM——寄件人：達素
收件人：利爾

「測試用家數目改為五千人。」

3月10日，3：11PM——寄件人：利爾
收件人：達素

「達素，請在明天中午前擬好給媒體的新聞稿。」

3月11日，9：08AM——寄件人：達素

收件人：利爾

「附上給媒體的稿，請過目。」

3月11日，9：12AM——寄件人：達素

收件人：利爾

「還有，我們要談談有關用家測試的事。應不應該限制他們在CHOK裡面做的事等等的問題。」

3月11日，9：20AM——寄件人：利爾

收件人：達素

「例如甚麼？」

3月11日，9：30AM——寄件人：達素

收件人：利爾

「如果他們組合起來，利用CHOK幹一些非法勾當。」

3月11日，9：38AM——寄件人：利爾

收件人：達素

「那些用家不是只懂電玩的孩子嗎？最多也只是網路欺凌吧。」

3月11日，9：52AM——寄件人：達素

收件人：利爾

「用家範圍涵蓋了各個年齡和職業，是特意挑選來模擬T市和周邊的人口結構（新聞稿有寫）。」

之後那電郵「對話」便中斷了，一下子便跳到五月。就是達素把預算寄給行政總裁和財務總監的電郵。

「達素指的，不就是像牧野剛才那個求婚作戰般集合一大票人嗎？」朗奴看著艾蓮。

艾蓮點頭。是的，不只這樣，艾蓮想到的，還有利用CHOK進行恐怖活動。

「艾蓮，妳覺得……」朗奴用平日少有的平靜聲線，可是這卻更令人心寒。「達素會不會利用CHOK來犯案，就只是要證明他當日的憂慮？」

11

星期四，1：00PM。

吃著義大利麵的植嶝仁根本沒有吃出醬汁的味道。他滿腦子都是想著昨晚石小儒和艾蓮的說話。之後艾蓮還講解了科研證券——CHOK這個計劃的背景和運作模式，如果成功，昆恩特斯就可以在這個領域上佔著先機。

如果成功的話。

本來它打算利用CHOK系統建立一個結合了虛擬和現實的世界，但是因為程式上的毛病，導致新一代的夫路茲不能如期推出市場，甚至還影響了整個計劃的融資——還可能引發像二〇〇八年那樣的金融危機，而且這次連自己的父親也會被牽連。

不過令植嶝仁在意的，還有剛才艾蓮和朗奴鬼鬼祟祟的談話。雖然他聽不大清楚，但好像是和昆恩特斯首席軟體工程師離職有關。

植嶝仁把盛義大利麵的盤子推到一邊，然後在筆電鍵盤上開始敲打。他先到昆恩特斯的網站找到那首席軟體工程師的名字，再在搜尋網站找到關於他的背景。

達素．撒勤。三年前加入昆恩特斯負責CHOK的開發，之前他在慕尼黑的科研公司研究虛擬實境，可是歐債危機時公司因為資金問題結束，剛好昆恩特斯收購了夫路茲，他也回來擔任首席軟體工程師。

植嶝仁看著那人的照片，想著雖然昆恩特斯一定在拍照前替他打扮過，可是都是洗不去那學者的宅味。看這個人的表情，總覺得是那種一直被霉運跟著的人。三年前已經試過一次因為資金問題不能繼續研究，本以為可以在昆恩特斯重新來過，可是現在又一次因為金錢問題令自己的研究不能繼續下去。

報復。

植嶝仁不能控制自己不有這個想法。綁架勒索是假的，要讓昆恩特斯面目無光也許才是這個達素的目的。不過要實行這個報復，必定要有人作內應。但是為甚麼達素不找昆恩特斯裡的人，而利用Ａ&Ｂ的人？

這個人，會是石小儒嗎？

如果是的話，究竟石小儒在這次事件上扮演著甚麼角色？她又知不知道自己參與了這場「綁架」？

在植嶝仁思考的時候，一個視窗突然彈出。

昨天啟動比對昆恩特斯審計團隊鍵盤紀錄有結果了。不過正如植嶝仁所料，沒有和勒索電郵相符的紀錄。不過結果在這個時候出現讓植嶝仁靈光一閃，他馬上運用系統管理員的權限，連接了Ａ&Ｂ電郵伺服器。Ａ&Ｂ每名員工利用Ａ&Ｂ的電郵收發郵件，在信件下載到員工的電腦硬碟前，有一份會存在電郵伺服器中。

植嶝仁找到了石小儒在電郵伺服器上的電郵備份，然後按寄件人名字的字母序排列。很快他便找到達素．撒勤給石小儒的電郵。

由於石小儒是團隊中最低級的，所以在諮詢開始時都被派去做些文件上的行政工作，其中一項便是向昆恩特斯各個部門收集資料文件。因為達素是首席軟體工程師，所以石小儒和他也有一些電郵的往來。石小儒當然不可能留下和達素談論綁架的電郵，不過可以確定石小儒和達素是認識的。

其中一封電郵，標題是"Lunch"。日期是一個月前，也就是達素離職前不久。石小儒約達素午飯為他餞行。看來她和達素的交情不像一般分析員和客戶那麼簡單。

趁石小儒走開上洗手間的時候，植嶝仁走到牧野的身旁。

「哎，牧野，你們做諮詢工作真辛苦，好像常常要出外勤？昆恩特斯好像離市中心很遠耶。」

「還好，其實很多工作已經是在公司裡完成的，出去只是做做樣子。」

「好像好有趣呢，不像我，整天都和阿祖在電腦房內。」

「啊，那個阿祖……我明白你的心情。哈哈。」

「那昆恩特斯那邊的人怎樣的？科技公司……男生較多吧。」然後植嶝仁壓低聲音。「像石小儒那麼可愛的女孩，不會引來一些狂蜂浪蝶嗎？」

「說起來，」艾蓮也加入。「她不是和達素走得很近嗎？」

來了，植嶝仁故作無知。「誰是達素？」

「他是昆恩特斯的首席軟體工程師。」牧野笑著說。「艾蓮妳不要亂說啦，達素是常常找我們聊天，不過他說是為 CHOK 取材，要多聽年輕人的聲音。」

「你也算年輕人？」

「當然，我體力和酒量都是二十五歲。」牧野吃吃笑著。「不過我知道，達素離職前，石小儒和他吃了頓午飯。」

「那個是當然囉。」艾蓮說著。「因為他日達素可能會在另一家公司當高層嘛，每個人都想和他建立關係，小儒做得不錯。」

「喂，電腦人。」朗奴忽然插話。「你那麼緊張小儒的事幹嗎？」

「啊啊啊，」牧野差點不是用叫出來的。「原來狂蜂浪蝶在 A&B！」

這時各人也開始起鬨，可是牧野留意到石小儒從洗手間出來便立刻噤聲。

達素要向昆恩特斯報復，很可能利用石小儒這個看上去天真易騙的年輕分析員去完成他的計劃，因為他需要 A&B 的人作內應。只是，不知石小儒對自己成為了綁架幫兇知不知情。

不，她一定知情。植嶝仁吞一吞口水，他感到額角有點點的冷汗。

她不但知情，還利用了自己。

打從一開始，她故意讓那顯示了 CHOK 會暫延的預測從內聯網上移除。這樣她便可以名正言順的來找自己幫忙，趁自己不留神的時候偷走了手機，這樣她就可以用警方不知道的方法和昆恩特斯那邊互通消息，萬一被警方追蹤到，首先被懷疑的也只會是自己而不是她。

可是手機不是有密碼的嗎？即使偷走了手機也不能用。想到這裡植嶝仁不禁苦笑。他記得在石小儒面前開過鎖。老實說，很少人會特意在開鎖時藏起來不讓別人看到手機的密碼。

如果是這樣的話，那植嶝仁一定要儘快找出自己的手機，一來可以證實他的推理，二來可以避免自己成為頭號嫌疑犯。

「呀，對了，那個唐探員呢？」今早一覺醒來便不見了那個重口音刑警，植嶝仁裝作不經意問道。

「他和栢克去了昆恩特斯。」朗奴答話，並看了看保羅的方向。「好像不到下午三、四點也不會回來。」

該死的！植嶝仁心裡暗罵著。真不該睡到那麼晚，難得那刑警不在，應該好好利用他不在的時間找出小儒是犯人的證據。如果那唐輔三點回來的話，自己只剩下兩小時。

可是——

即使抓住小儒是犯人的證據又怎樣？自己真要把她交給唐輔嗎？如果真是達素在背

後搞局，當他知道石小儒被抓，會不會立刻公開資料？當那導致科研證券的流通性減低甚至停頓的話，那會不會對老爸的公司有影響？

植嶝仁已經決定不要對石小儒輕舉莽動，但是整件事有很多不對勁的地方，他覺得唐輔他們都沒有理會那些不對勁的地方。即使石小儒有份參與其中，事情一定不是那麼簡單。

植嶝仁無意做偵探，也許是唸電腦的性格使然，他不能忍受有"bug"。

他開始想，如果自己是石小儒，會把手機藏在哪裡？看石小儒一身襯衣配西裝褲，和很多女裝褲一樣沒有口袋，而從襯衣的設計剪裁來看，她應該沒有可能把手掌那麼大的智能手機綁在身上。

所以手機一定是藏在這個公寓的某處。

雖然其他人都在埋首完成審計的工作，可是如果植嶝仁到處走動的話還是會引起注意，重要的是那個叫保羅的刑警還在監視著。所以植嶝仁要靠推理想出可能藏手機的地方然後一擊即中。

石小儒也是和自己現在的情況一樣，也是面對被監視的窘境。所以她藏手機的地方，一定是去也不會不自然的。

洗手間。

很自然便想到那裡。而且一走進去，別人不會知道她在裡面做甚麼，是對外連絡的最佳地點。

植嶝仁裝著若無其事的向洗手間走去。雖然不是在做虧心事，但總是覺得保羅在盯著自己。他一直裝著，直到關上洗手間門後才敢鬆一口氣。

這是個連衛浴的洗手間。因為是市中心的公寓，面積不是太大，這種公寓都只有淋浴而沒有浴缸。

植嶝仁首先打開盥洗盤下的櫃子。如他所料，裡面除了衛生紙和一些清潔用品外甚麼也沒有。他還摸了摸每一卷衛生紙，確定沒有藏著手機。

之後他揭開馬桶的水箱。電影裡常有的情節，黑幫都是把手槍呀毒品之類的用塑膠袋裝著藏在馬桶的水箱中的。

可是那裡也是甚麼也沒有。

這個發現有點出乎植嶝仁的意料之外，本來他以為手機一定是在洗手間裡的。這時他也不禁心煩起來，加上耳邊不停響著的嗡嗡聲，更讓他有點頭痛的感覺。

嗡嗡聲？

植嶝仁抬頭，那是洗手間抽氣扇轉動的聲響。

難道……

因為洗手間很小，而且樓底也不算高，植嶝仁只站上盥洗台便可輕易碰到抽氣扇，那裡正是連著大樓的通風管道。

可是植嶝仁只是細心一看，便知道沒有可能。抽氣扇的外殼上佈滿了灰塵，如果石小儒真的把手機藏在通風管道內，抽氣扇的外殼不會有灰塵。

連這個可能也抹煞了，植嶝仁也更沮喪，只能兩手空空的離開洗手間。一開門，保羅就站在門外。

「啊，怎麼了？」植嶝仁也差點給嚇了一跳。

「你在裡面做甚麼？」保羅一臉懷疑的看著他。

「甚麼做甚麼？上廁所囉。」

「那你用完了嗎？我要用。」

「隨便。」植嶝仁說著讓開給保羅進去。

再這樣下去，自己真的被懷疑了，植嶝仁心裡想。不，也許已經被懷疑了。自己的舉動只會顯得更可疑。

本來正要回客廳的植嶝仁，此時看到在洗手間對面的廚房。廚房是半開放式的設計，沒有門，可是它佔據著公寓一邊，有點自成一角的感覺。廚房的面積也不大，冰箱、連烤箱的煮食爐和盥洗盤外就只有一點點的地方作流理台，現在整個流理台也放滿了約翰替他們準備的零食。

廚房裡能藏手機的地方就只有那幾個廚櫃，和烤箱裡面——因為這裡沒有一個人會在這個時候用烤箱，所以藏在那裡也很安全。只是，不論是哪裡，藏在廚房很容易在拿回的時候被人發現。畢竟廚房不像洗手間般有私隱。植嶝仁留意到，他們團隊的人整天多次出入廚房拿零食飲料的。

最重要的是，每次進去廚房保羅都會暗中留意著那人的一舉一動。

所以很難想像石小儒有這樣大的本領，在這種情況下還能在廚房打開廚櫃或是烤箱拿自己的手機。要掩人耳目，冰箱也是一個好地方，可是先不說低溫可能會影響手機，要藏在那裡而不被發現也有一定難度。

「哎……」植嶝仁搔著頭低聲嘆氣，再這樣下去自己會成為綁架犯了，在香港的老爸大概做夢也想不到會這樣。

這時出乎植嶝仁意料之外，石小儒從她房間出來。

「小儒。」從房間出來的石小儒剛好和植嶝仁打個照面，植嶝仁也大方的向她點頭。

「怎麼了？」

「甚麼怎麼了？」

「妳從房間裡出來。」

「那是我的房間。」石小儒皺一皺眉頭。「阿植你今天好奇怪。」

「呃……工作怎樣了？」植嶝仁隨便找些話題。

「還好，給特別財務委員會的報告已做好了，現在只剩下一些瑣碎的工作。」

對喔，還有她房間。畢竟那是私人空間，因為這裡沒有人是疑犯，所以不論是保羅還是那重口音刑警都不能進去搜查。可是在大家工作的客廳能看到每個房間的門，如果走進去石小儒的房間找很容易被發現。

所以要不找一個理由進去，要不把所有人引到看不到房間的地方。

一想到這裡，植嶝仁就想到放火。當然不是真的放火，只要大家覺得發生火警，便會逃到樓下，那自己便可以去石小儒的房間找出手機。

可是，如果大家在樓下看不到自己，不是更可疑？

植嶝仁想著想著，不經意看到眼前電腦屏幕顯示著石小儒和達素之間的電郵。

對了！還有這一招！植嶝仁立刻在鍵盤敲打著。

完成的一刻，植嶝仁滿意的笑了笑，可是他瞬間便收起笑容——不能露出破綻，他心想。

抬頭的一刻，他和牧野的眼神對上了。

牧野慌張的別過頭去。

這傢伙怎麼了？

這人剛回到公司的時候還是一臉憤怒，說甚麼只是出去一下便被當成嫌疑犯。可是隨著時間過去他好像越來越緊張似的。

他在緊張甚麼呢？

先不管這個，植嶝仁現在要擔心的，是計劃進行得不順利。
「誒？」他盯著筆電屏幕發出一聲。
「怎麼了？」果然保羅問道。
「有點奇怪……」植嶝仁故意提高聲量，可是連他也覺得自己的演技很爛。「內聯網有不尋常的活動……電郵的伺服器收到很多來歷不明的電郵……」
「甚麼？會是甚麼人寄來的？」始終只有保羅一個人在興奮，這讓植嶝仁感到有點不是味兒。
「保羅哥你先不要那麼緊張，A&B 這麼大的公司，每天也會收到很多垃圾電郵的，所以我們的伺服器有這個過濾垃圾電郵功能。」
「啊！就像我們的電郵信箱那種，把垃圾電郵送去另一個檔案夾嗎？」
「差不多。坊間有些程式，可以利用隨機寫出的假電郵地址去掩飾真正的寄件電郵，寄出廣告甚至病毒，而我們都會把這種地址奇怪的電郵截下來，可是今天好像特別多。我看了一下，那些不是藏著木馬程式的電郵，也不是廣告郵件，內容只是寫著：『你去了哪裡？』、『計劃有變，快些連絡！』這類的訊息。可是既沒上款也沒下款，只是寄到 A&B 的一般連絡郵箱。」
「讓我看看……」保羅湊過去。
「喂，等等！」植嶝仁阻止他。「這是 A&B 的內聯網，只有系統管理人才能看的。」

因為唐輔不在，保羅不敢亂來，植嶝仁就是看穿這一點。快些行動吧——植嶝仁緊張的留意著石小儒的一舉一動。有不尋常的電郵是假的，植嶝仁只是說說，目的是引石小儒露出破綻。如果昆恩特斯那個叫達素的工程師真是石小儒的同伙的話，聽到有來路不明的電郵被Ａ＆Ｂ的系統攔了下來，而內容又那麼緊急，一定會動搖吧。植嶝仁就是想石小儒以為綁架計劃出了甚麼岔子，然後想辦法和達素連絡。

她當然不會用自己的手機去連絡達素，所以差不多可以肯定她會用植嶝仁的手機。這就是植嶝仁用來揪出石小儒狐狸尾巴的計劃。

只要逮住石小儒抓住這個證據，就可以證明她和案件有關。植嶝仁無意把石小儒交給警察，免得事件鬧大，想不到這方面他和約翰的想法不謀而合，他只要石小儒終止這場無聊的綁架。從小到大，他看過父親處理公司裡或是商場上遇到各種非法的事，有不少都是私了的。要不就是像現在約翰那樣，交給警方裡信得過的人處理。像父親和約翰這種地位的人，才不會和一般市民一樣打９１１報案。

這時植嶝仁留意到，在他想著的時候，十分鐘過去了。石小儒還是在座位上工作，絲毫沒有離開的意思。

植嶝仁開始感到不安。

為甚麼石小儒會沒有行動？既然同伙這樣想連絡自己，為甚麼她竟然不會想回覆？會發生這樣的事，只有兩個可能性，植嶝仁最想的，是石小儒根本不是甚麼內應，所以對那些訊息無動於衷。另外，就是她和達素把這場綁架計劃得天衣無縫，大家已有默契不會互相連絡以免露餡。可是即使如何了得的計劃，也有出意外的時候吧，不回應是一回事，沒理由石小儒表情也沒甚麼變化吧？真是一點也不著急？

看著石小儒的植嶝仁，他已不能把眼前這個女孩和前晚一起去喝酒那個臉孔重疊起來。

12

星期四，4：00PM。

不管怎樣，現在唐輔最關心的，是達素這一號人物。

唐輔緊握著手中的文件夾——那是達素的人事檔案。幸好因為他的離職讓昆恩特斯付了一筆數目不少的金額，約翰便以要計出正常現金，並估計和失去達素對昆恩特斯的影響為藉口把人事檔案借來。

本國的人事檔案當然不可能有照片，但是因為達素可說是CHOK的牽頭人物，很多昆恩特斯對外的彙報都有他的簡歷和官方照片，這些都放進了人事檔案內。唐輔據自己刑警的直覺，覺得達素像是會鑽牛角尖的人。他會為了向昆恩特斯報復而「綁架」財務資料並不無可能。

所以現在最關鍵的，是要找出達素人在哪裡。

唐輔揉著眼睛，這下真麻煩了。本來以犯人這樣寄勒索電郵給約翰，加上過低的金額，還以為是A&B內部的惡作劇，只要好好監視著昆恩特斯團隊的人，很快便可以找出真兇。可是沒想到，事情竟然會牽扯到離職的員工，動機還有可能是報復。

假設達素真的是綁匪，而動機真是報復的話，那他收到贖金後還會把資料公開的機會很大，所以一定要在時限前把他找出來。

「那……」保羅開口。「老大……還要監視他們嗎？」

「嗯。我要回局中一趟。」

「誒？」保羅有點驚訝。「回局中？你不是說要低調的嗎？」

「我是這樣說過。」唐輔抿一抿脣，邊揚一揚手中的檔案。「但情況不同了。」

筆直地坐著的唐輔，開始有點不耐煩，他稍微看一看錶。

四點，距離打開綁匪下一封電郵還有五個小時，唐輔希望可以在那之前把案件解決。

「你有多肯定？」坐在桌子另一邊，和唐輔差不多年紀的人摘下眼鏡問道。

「以現在的線索來說，六成左右。」唐輔老實的答。「不過我認為不能放過任何一道線索。」

「你想我幫你找這個達素出來……要我借調別組的人力？」

唐輔點點頭。「還有他這兩天的行動。只知道他在哪裡還不夠，要有證據他策劃了這場綁架才能拘捕他。」

「唐輔，」那個人嘆了口氣。「你說六成肯定。」

唐輔沒有作聲。桌子另一邊坐著的是這個分局的局長，也就是唐輔的頂頭上司。

雖然不願意承認，可是警局查案其實也像是公司的企劃，能賺大錢的自然會獲得更多資源，吃力不討好的就不會得到太多的注意。在警局中，引人注目的大案子，當然動用最多的人手，而破案機會不大的，很多時候也只是一小組人按程序做些例行調查。

「還有，你說這是你朋友委託的？那個 Ａ＆Ｂ 的高級副總裁……」

「是的，他想保持低調，特別是現階段不想昆恩特斯知情。」

「那表示……你賣這個人情給 Ａ＆Ｂ，而昆恩特斯並不知道我們警方這樣幫過他們？」

唐輔沒有任何說話和動作，不過他的沉默已是答案。

局長盯著唐輔，唐輔知道在他那銀髮底下的腦袋，正在以驚人的速度權衡利害。

「你知道為甚麼這麼些年來你還是個探員？」局長嘆氣。雖然和唐輔差不多年紀，但是老大高中畢業後便加入警隊，職業生涯中大部份時間也是在刑事科那邊，所以能超越唐輔成為這個分局的局長也沒有人感到意外。

「Sir！沒時間了！」局長雖然也有破案的熱誠，可是他比唐輔懂得遵守規矩，面對管理層複雜的人事關係也處理得游刃有餘。所以唐輔知道，要找出達素，他需要能調動局內各人的局長的幫忙。

局長按了桌上電話的鈕。「C組，集合所有人到會議室，有案子。」

「謝謝。」唐輔點點頭。「還有，剛才我有點著急，對不起。」

局長沒再說甚麼，只是揚一揚手。

前後不過幾分鐘，所有人便在會議室，唐輔已經在裡面的白板寫滿了他所知道有關這案子的情報，他向會議室內一個七人小組簡短地講解了整個事件的背景。

「各位手足，我們現在懷疑達素・撒勤這個人和一宗綁架案有關，你們的任務，就是要儘快把這個達素找出來，還有這兩天來他的行動。我們要找到他和Ａ＆Ｂ的連繫，和他握有Ａ＆Ｂ機密資料的證據。亞雪妮，這是達素的舊手機號碼，因為還是昆恩特斯的員工時，他用的是公司提供的夫路茲手機，這個號碼在他離職後已經停用。」

「知道，我會向法庭申請許可，再向電訊公司要求調出這號碼停用前的聯通紀錄。還有，達素租住的這個公寓地址，我可以去查有沒有固網電話的登記，順便一併看看有沒有發現。」

「很好。」唐輔滿意的點頭。「你們當中找兩個人到他的公寓看看。」

「需要調查他人還是不是在本國？雖然海關沒有出境紀錄，但是如果他是乘飛機的話，航空公司會有資料，除非他用假護照。」亞雪妮問。

「可以向航空公司問問，但我認為他已離境的可能性很低。」唐輔認為，如果他真的是綁匪的話，還沒有拿到贖金他應該不會走的。「另外，我們也要找出在Ａ＆Ｂ裡為達素當內應的員工，Ａ＆Ｂ那邊有我和保羅監視，我要你們做的，是調查這三天來昆恩特斯團隊各人的行動，看看有甚麼可疑的。」

「Yes Sir！」各人齊聲道。

唐輔看一看錶。「那……亞雪妮妳留守這裡，其他人有甚麼發現就向她彙報。亞雪妮，有甚麼重要消息就打我手機。」

「老大。」亞雪妮微微舉手。「有個問題。」

「甚麼？」

「我們現在已算擴大調查範圍吧？」

「嗯。」

「其實……是不是應該通知總區一聲？你也知道，各分局的系統是獨立的，我們看不到別的分局在查甚麼案子和他們有的情報，但如果上報到總局，說不定他們有甚麼有用的情報。」

「呃，這個……」唐輔有點為難，他當然知道總局有他們分局沒有的資源，單是電腦專家就是他很想要的了，可是案子一去到總局，他就會失去控制權，如果總局要高調調查的話，他也不能阻止案件曝光。

「現階段還太早要交給總局。」局長開口，這也救了唐輔出窘境。「如果沒有其他問題的話，大家開始工作！」

「Sir……」所有人離開後，唐輔開口。

「你不用謝我。」局長搭著唐輔的肩走出會議室，並把頭靠到他的耳邊。「到有九成可能再算吧。」

唐輔不禁失笑，其實他也知道，局長會這樣幫自己解窘，也是因為他想他們分局獨力破案，這樣功勞便不會給總局奪去，而如果達素不是犯人的話，也可避免在總局面前出糗。問題是，對局長而言，破案是確保資料沒有外洩，並順利抓到犯人繩之於法；可是對約翰來說，最重要是昆恩特斯的資料不會外洩，至於找不找到犯人可是次要，而且由於看來犯人當中有人是Ａ＆Ｂ內部的員工，約翰才不想高調逮捕犯人。

先不管這個了，現在局中有人幫忙找出達素和作後援，希望這能增加破案的機會。

「我不在的時候，有沒有發生甚麼事？」一從分局回來，唐輔便拉了保羅進廚房。

「不知道算不算……」保羅把植嶝仁在公寓裡鬼鬼祟祟在廁所待了很久的事告訴唐輔。

「搞甚麼鬼？」唐輔覺得奇怪。

「對了，那個ＩＴ男還說有甚麼奇怪的電郵被系統攔下來，聽起來好像是甚麼『計劃有變、立刻連絡』的內容。」

「甚麼？」唐輔努力不讓自己反應過大，雖然這公寓不小，但是有甚麼大動作Ａ＆Ｂ的人還是會注意到的，他不想打草驚蛇。「你有沒有看過那些電郵？」

「沒有，ＩＴ男說只有系統管理人才能看，因為可能涉及商業機密。」

「甚麼商業機密，你被耍了啦。」唐輔帶點責備的語氣。「連昆恩特斯的事約翰也讓我們知道，還有甚麼比這個更機密的？」

「……對、對不起。」保羅不好意思的低下頭。

「算了。」唐輔隨手拿了支瓶裝水，這時他才發現自己從昆恩特斯總部回來後沒喝過一口水，難怪那麼口乾。

從內容來看，那很可能是達素要連絡內應的電郵。可是，如果那個植嶝仁真的是內應的話，為甚麼他要這樣公開說出有那種電郵？他是ＩＴ部的，不是可以在不被發現下和外面連絡嗎？

唐輔想，循動機思考的話，要考慮兩種可能性：一是植嶝仁是內應，一是他不是內應。

如果植嶝仁是內應，那他沒理由要把電郵的事說出來。除非……除非那是為了洗脫自己的嫌疑。可是，他不怕內容給洩露了嗎？當然，他一定是看準了自己不在的時候行動，如果自己沒有出去的話他也許便不會走這一著了。不過，植嶝仁為了安全計，那些電郵不可能是真的，這就解釋了為甚麼他不想給保羅看，以免露出破綻。

如果他不是內應，他是真心說出不尋常電郵的事？可是那不是會打草驚蛇嗎？唐輔肯定植嶝仁是一個謹慎的人，不可能會這樣輕舉莽動的。

如果他真的不是犯人的同黨的話，那他的行為只有一個可能性：他想引那個內應出來。可是為甚麼他要這樣做？他不像是見義勇為的好市民，也不像是好奇心旺盛要去玩查案遊戲的小子，一直以來他都是一副「我其實不想在這裡」的態度，為甚麼他要找出內應？難道因為父親押重注在科研證券，現在他突然變孝子要幫父親？

唐輔按按胸口，距離看下一封電郵的時間還有幾個小時，這次應該會有如何交贖款的指示。一想到這，他就緊張起來。

唐輔心中一直縈繞的問題，是交付贖金的方法。整件案到目前為止，犯人都沒有露過臉，甚至連綁匪的聲音也沒聽過。究竟綁匪他們有甚麼部署？他們打算怎樣拿錢？這最讓唐輔在意，開始時他還是用對一般綁架案的認知去處理這宗案件，可是現在證明了那是不可行的。

交贖款的方法……會是如何？

13

星期四，11：00PM。

所有人都站到約翰後面，屏息地看著電腦屏幕，植嶝仁也不例外。

終於來到開下一封指示電郵的時間，約翰用他的筆電登入了綁匪提供的電郵帳號，把浮標移到標題是「指示2」的郵件。

「要開了。」約翰看起來還是一貫的冷靜。

植嶝仁這時留意到，那個重口音刑警唐輔好像在盯著自己。他從昆恩特斯回來後，躲在廚房和保羅談了很久，不過植嶝仁留意到，唐輔的態度有點不同，不再是之前那種把自己當成嫌疑犯的眼神，而是一種很複雜的感覺，植嶝仁也說不上來。不過他也不敢走得太近約翰和他的筆電，免得唐輔又不知會想甚麼，而且他也不敢走近石小儒。

自己懷疑石小儒的事不能被唐輔知道，一方面他怕石小儒真的是用自己的手機犯案，到時候真的跳進黃河也洗不清。

約翰打開了郵件，所有人都不約而同湊近一點。屏幕上出現了和早前那個警告電郵一樣的黑色粗字體：

「希望閣下打開這電郵時，已經準備好約定好的十萬美元。請務必跟著下面的指示交付款項：

「請按下面的連結進入『大市集』網站，那裡已經有二百項出售『超健康玉米片』的欄目，請把它們都買下來。記著，如果在拍賣終止前不能完成所有交易，那就當閣下放棄，資料也會被公開。

「祝好運！」

「只是這樣？大市集？」約翰呆呆的看著屏幕。

「那是國內最大的拍賣網站。」植嶝仁說著，手指抵著下巴。「原來是用網拍交贖款。」

「該死的！」唐輔吐了一句。植嶝仁立刻明白他的意思。在綁架案中，對綁匪來說最危險就是交付贖款的時候。因為警方一定會好好部署，犯人即使在拿贖款的一刻沒有被抓到，也不容易成功逃脫。而且電影也看過，綁匪雖然總是要不連號碼的鈔票，但是警方總會在鈔票上灑上特別顏料或粉末，只要犯人一接觸過鈔票便沾上，成為不能抵賴的證據。但是現在綁匪要求網上交贖款，不用親身露面就能取到贖款，而且電子貨幣也避免了鈔票被做了手腳的問題。

約翰按郵件裡的連結進入了「大市集」的網站，主頁頂部是五彩繽紛的標誌，頁面左邊列出最新的放售物件，那是即時更新的，所以一項項就像電影最後那些字幕般向上游動。右邊則閃動著不同的廣告和其他連結，整個網頁看起來真的像個市集那麼熱鬧。

「哇，放售東西更新得那麼快，看得我眼也花了。」約翰皺著眉。

「可以搜尋的。」牧野指著網頁的一角，那是一個放大鏡的標誌。「就搜尋『超健康玉米片』吧。」

約翰照牧野的提議搜尋「超健康玉米片」，不消幾秒一個羅列了搜尋結果的新的視窗便開啟了。

「共有 251 個合乎『超健康玉米片』的結果。」網頁顯示著。

「251 個？」約翰有點驚訝。「不是二百個而已的嗎？」

「冷靜點。」牧野輕拍著約翰的肩。「一定是也顯示了相關的搜尋結果。」

約翰略看了搜尋結果。果然最後那五十一個只是含有「健康」或是「玉米片」的相關東西。他回到網頁的最頂，進入第一個「超健康玉米片」。

和其他網拍不同，這個出售的「超健康玉米片」貨物照片中的不是一盒玉米片，而是一隻動畫擬人化的小綿羊，那是這品牌玉米片的代言吉祥物。它的廣告的主題，都是一頭豺狼要捉小綿羊，但是因為小綿羊吃了「超健康玉米片」，體格強壯和聰明過人，每次都能成功逃回羊圈。眼前這張照片應該是網上截圖。

「1/4 盒超健康玉米片……叫價五百美元？」

「唔……照這個計法是沒錯。」艾蓮側著頭說著。「每個叫價五百，二百個就是十萬囉。」

「栢克，還是快些開始投標吧。」朗奴緊張地說。「綁匪說如果拍賣終止還未買完的話，資料就會被綁匪公開了。」

「有『立即買』耶，這樣就不用等拍賣終止，立刻就知道買不買得到。」牧野指著網頁上的一個標籤。

「啊，也對。」約翰在第一個拍賣的頁面按下了「立即買」。

植嶝仁看著叫價紀錄，這個拍賣是十一點才放上網的，到目前為止沒有人叫價。當然了，五百美元1/4盒玉米片誰會買？拍賣在午夜，也就是十二點終止。只有一個小時，跟本犯不著用「立即買」，不過植嶝仁明白牧野也是想買個保險。

「誒？」約翰盯著電腦有點不知所措。

「怎麼了？」唐輔問。

「這裡說我要先登入，可是我沒有帳戶……」

「呃？栢克你沒有『大市集』帳戶的嗎？」牧野一臉驚愕。

「我兒子好像有，我不用網拍的嘛……」

「我也沒有，那怎麼辦啊？」朗奴又一臉緊張。

又沒有人問你，植嶝仁心想。其實他有「大市集」的帳戶，不過他不打算說出來，先看看情況才說。

「其實，我有帳戶。」牧野舉手。

「可是……你的帳戶裡沒有那麼多現金吧，要在十二點前用十萬元買下……」
「栢克，你不清楚『大市集』的運作，它們是上市公司，買賣雙方在這平台只能用信譽良好的電子付款系統『e錢包』。『e錢包』雖是電子付款系統，可是它一定要和銀行帳戶連上，所以我不需要『e錢包』帳戶有錢，因為它會從我銀行帳戶扣錢，而我的銀行帳戶有透支信用額，栢克你可以把錢存到我帳戶，前後要三天吧，我打個電話去通知銀行一聲，應該沒問題的，畢竟只是一出一入。」說著牧野坐到約翰旁邊，並把筆電挪近自己。「讓我來吧。」
一個問題突然在植嶝仁腦中浮起。
為甚麼綁匪會用「大市集」？雖說綁匪有內應，可是他如何確定現在這些人當中一定有人有「大市集」的帳戶？而且即使有，也不一定會自動請纓，植嶝仁自己就是保持沉默的例子。
他看著專注在買「超健康玉米片」的牧野。
——如果牧野是內應呢？
這樣一來，就可以解得通為甚麼綁匪會指定用「大市集」交贖款，而且為甚麼牧野那麼快會自薦用他的帳戶。用這個方法，十萬元便名正言順地存入牧野自己的銀行帳戶了。
植嶝仁看到牧野一邊付款，唐輔一邊在旁邊在打手機簡訊。

對了，他一定是在把對方的帳號傳給警局的同僚，好去查出對方的身份。

這就是這個交易方法最大的問題。

雖然這個方法可以在交贖款的時候不露面，但是因為「大市集」只能用「e錢包」付款，而「e錢包」卻一定要連上銀行戶口，那表示，無論買賣雙方其實都不能完全隱藏身份，只要一查連上賣方「e錢包」帳戶的銀行戶口是屬於誰的，那就可以知道那人是誰。

只要警方一查，身份便敗露了，綁匪不可能這樣蠢。

如果贖金是幾千萬甚至上億美元，那綁匪做完這一票便可以去個南美或是加勒比海小國藏起來，哪管警察查到自己的身份，都可以優哉游哉的享受下半生了。可是現在贖金只有那區區十萬，連改頭換面改名換姓都可能不夠。

又是一整個不明所以。

「快點，只剩下四十五分鐘，還有百多個要買。」朗奴在一旁緊張地催促著牧野。一開始的時候牧野還是精神抖擻的去買下這些1/4盒的玉米片，但是大約重覆做了二十多次後，他便出現疲態，動作也有點慢了下來。

單是要重覆買二百次，就是一種折磨。綁匪好像是有心玩弄人似的。

「知道啦，你不要這樣好嗎？煩死人了。」牧野回了一句，然後竟然哼起歌來。「小小綿羊，小小綿羊，不要怕，不要怕……」

那是「超健康玉米片」的廣告歌，曲風是一首輕快民歌。

「超健康玉米片，快吃下，快吃下！」沒想到保羅突然接下去唱。會唱是當然的，「超健康玉米片」的廣告遍佈各個媒體。

「保羅也知道這首歌啊？」石小儒笑著說。「我在網上的討論區看過……」

「妳說『地下版』？」保羅笑著。網路上有人把流行的歌曲改編了歌詞，沿用本來的配樂再錄一遍，達到惡搞的效果。不過一般這些「地下版」的歌詞都含有不雅成份。

「我聽過的版本是，超健康香腸，快……」保羅還想唱下去。

「保羅！夠了！」唐輔喝止著他，沒想到老大會這麼做的保羅也嚇了一跳。

「我只是緩和一下氣氛罷了……」

「喲！」在所有人的注意力集中在保羅和唐輔身上時，艾蓮突然發出叫聲，這一叫把所有人都嚇得差點跳起來。

「艾蓮，妳怎麼了？」朗奴誇張地一臉猶有餘悸的樣子。「嚇死人了。」

「我就是覺得怪怪的，現在終於想起來了。」艾蓮右手的拳頭敲著攤開的左手。「這是惡作劇證券！」

是錯覺嗎？植嶝仁好像看到牧野顫了一下。

「惡作劇證券……？啊啊！」這下連保羅也叫起來。

「保羅你知道？」唐輔問。

「當然知道！」保羅興奮的拿出手機上網。「那是五、六個月前的事了，那麼久的事現在根本沒人會提。」

據保羅說，五、六個月前，在網上討論區有人發帖，發帖者只稱是女高中生，說因為被學校美式足球隊球員狠狠拋棄，而希望網民幫忙作弄那人來報復。她利用那個人同隊的對手，故意讓那個人以為自己偶然看到他的東西，說是塗了某種油跳某種奇怪的體操，能刺激穴位使肌肉爆發不可思議的能量。男孩信以為真，去商店找那種油，可是當然找不到，因為那是女孩虛構的。後來他在拍賣網見到有人在賣。

「其實那是女孩和網民的惡作劇，每名網民在賣很少量的油，好像就是一個小匙還是甚麼的，還要是限定在同一天，令男孩一晚做了很多交易而疲於奔命。」艾蓮加入。

「更甚的是，」保羅繼續說。「女孩另一邊售賣『惡作劇證券』，她悄悄地在更衣室放了攝錄機，買了票據的人會得到一個網址的連結。男孩買下了那些油，練習前塗上身後跟著跳那些奇怪的體操，然而他不知道過程被偷拍下來，還放了上網，讓買了『惡作劇證券』的人可以看到。」

「所以整個『惡作劇證券』，就是網民付小小的金錢，然後能看齣惡作劇的好戲？」唐輔問道。

保羅點點。「然後這熱潮便在網上沸騰起來。」一時間網路上有很多『惡作劇證券』，有的是真的，有的是劇團演的戲，後來還演變出很多不同的『入場券』，不過原理都是一大班網民付一點無關痛癢的金額去做或看一些事。」

「不過就像網路上許許多多的事物，大約三個月後，這股熱潮便被取代了。」

惡作劇證券……植嶝仁想著，總覺得好像有點頭緒，但又說不上是甚麼連繫。

「牧野，真少有，你竟然想不起『惡作劇證券』？平日有關電腦的事你也很留意嘛，而且你不是常去網拍的嗎？你沒理由沒見過有人在網上賣『惡作劇證券』吧。」

「呃？」突然被這麼一叫，牧野有點不知所措。「我當然有看過，但你們也說是半年前的事了，怎會記得那麼清楚啊？」說完牧野便繼續埋首買「超健康玉米片」。

牧野才不會不知道，植嶝仁深信。他覺得這個牧野越來越古怪，剛來的時候他還有說有笑的，但是漸漸變得沉默，而且臉容越來越繃緊，心事重重的樣子。這兩天來，除了有點累外，艾蓮和約翰都是一貫冷靜的樣子；朗奴仍是那副緊張相；而植嶝仁一直留意的石小儒，依然是每次出現都是漂漂亮亮的，找不到一點破綻；倒是牧野，植嶝仁也覺看漏了眼，這天一整天都留意著石小儒，也不記得牧野甚麼時候開始變得古古怪怪的。

難道 A&B 裡的內應真的是牧野？

植嶝仁努力回想，這兩天牧野的事。最可疑的，當然是約翰召集昆恩特斯團隊的所有人時，牧野竟然下落不明。雖然後來證實了他原來是去了唐人街老趙那裡取求婚戒指，並意外地跌壞了手機，可是事情也太巧了吧？

約翰收到勒索電郵是今天一大早，那麼早老趙那邊不可能已經開門，牧野極有可能是寄電郵的人。當大家在約翰的辦公室時，一直到移師會議室那段時間，牧野人可以是在唐人街，但他仍可以用手機和外界連絡，之後再假裝跌壞了手機。

不對。

因為他聲稱跌壞了手機，唐輔和保羅反而更留意他，而植嶝仁也看到，每次牧野用公司以外的電郵時，唐輔都看著，這個大家都看到的。

可是，如果他有兩支手機，那就辦得到了。和石小儒不同，牧野只要把另一支手機放在西裝褲或是外套的口袋中，便能避過監視在上廁所時和達素連絡。

跟著這樣的思路想，牧野是內應的可能性很大，可是這表示植嶝仁之前懷疑石小儒完全是錯誤的推理。

真的嗎？自己的手機真的只是單純的遺失，而不是石小儒偷來協助犯案？

植嶝仁看著如機械人般按著滑鼠鍵的牧野，還有旁邊像是啦啦隊般鼓勵著他的石小儒。

14

星期五，8：00AM。

「除了一間航空公司還沒回覆外，其他航空公司都沒有達素・撒勤的出境紀錄。」亞雪妮平靜的聲音從電話另一端傳來。唐輔聽到她打了個呵欠，這孩子一定是整夜沒睡了，他不是不憐香惜玉，只是既然要去當刑警，就必須有為了查案而徹夜不眠的心理準備。

「去了達素家的那組人剛打電話回來，說他沒有退租，仍是住在那公寓裡，不過房東說已有好幾天沒見過他……啊，那個地址登記的固網電話，這三天也沒有通話紀錄，這和房東說的吻合。現在有一位同僚在那邊等，其他人去了附近問問有沒有人知道他去了哪裡。啊，還有，查到達素還是獨身，父親去年過世，家人就只剩下母親在T市。她好像已住進了療養院，我還在查那裡的住址。」

「很好，那昆恩特斯團隊的人呢？」唐輔看了一眼睡在沙發上的保羅。牧野在限時的午夜前買下了所有的「超健康玉米片」，之後他們忙著完成今天要交給昆恩特斯的報告，所有人差不多兩點才睡。這個保羅，A&B其他人還沒完全回房睡覺，他就倒在沙發上睡著了。

「我查了A&B的監視器，上個星期連周末昆恩特斯團隊的人都要上班，艾蓮每天離開公司後多是直接回家，這從她公寓大堂的監視器確認了。朗奴這一星期都很晚才回家，而且都是乘計程車，A&B大樓外的監視器拍到了他都是用同一間計程車公司，已經向那邊確認過，朗奴都是直接回家，不過他家在住宅區中的獨立屋，附近沒有交通監視器，所以他回家之後的行動就不清楚了。」

唐輔一直也不認為朗奴會是綁匪，看他這幾天的行動根本只是個緊張大師加衝動派，如果自己是主謀，也會覺得朗奴礙事。

「而石小儒，她星期六做完工作後，大約六點左右乘火車回市郊R鎮的老家，好像整個週末也待在那邊，星期天也沒有去公司而是在家工作。」

R鎮……唐輔記得植嶝仁的姑媽也是住在R鎮，那裡有不少華人居住。

「而杰克．牧野……」亞雪妮的聲音有點不同。

「牧野怎麼了？」雖然和亞雪妮只是在電話交談，但唐輔還是忍不住把身體向前傾。

「星期三那天，根據老大你給我的資料，我確定了他去了唐人街的珠寶店，大樓的閉路電視拍下來了。」

「這個我們知道，他是因為要去取戒指而失蹤了幾個小時。」

「唔……可是監視器還拍到，他離開珠寶店後，不是直接回公司。」

「甚麼？」唐輔第一次聽到這消息，可是他仍記得壓低聲音。

「嗯。我循著交通燈的監視器，發現他到了一間商務飯店，可是他進去不到十分鐘便出來了。」

亞雪妮告訴唐輔那商務飯店的名稱，那是全國性的連鎖企業，價格屬於中低，很多地點連餐廳也沒有。

為甚麼牧野會去那種飯店?他正打算求婚，但是以他作為經理的薪水，不可能會訂那種廉價飯店吧。那他去那裡做甚麼?他只是進去十分鐘就出來了，那是臨時起意的嗎?唐輔閉上眼，想像從唐人街回 A&B 的路，一路上有不少咖啡店和快餐店，所以牧野即使要借洗手間也絕不可能會走反方向的路去飯店借洗手間吧。

「老大，我目前查到的就是這些，如要查得再仔細的話我需要多些時間。」

「唔……其他人的就不用了，妳替我查一下，牧野去那飯店是為了甚麼。」

「知道。」

「還有，我昨晚把二百個『大市集』網拍的帳號傳給妳，妳替我把他們找出來。」

「我收到了，真的是二百個?」亞雪妮的語氣像是在笑。「你知道那不是一時三刻的事。」

「我知道，請妳盡快。」

「他們全都是嫌疑犯？」

「應該說關係人。」

「如果是這樣，我可以先查出他們的背景，再過濾一個要特別留意的名單給你。」

「太好了，亞雪妮，案子完了後我請妳吃大餐。」

「我可以要求找個帥哥來和我吃大餐嗎？」亞雪妮吃吃笑著。「我才不要和已婚大叔約會。」

聽到亞雪妮懂得說笑，唐輔知道她對調查有不錯的把握，可以放心讓她查下去了，掛線後，唐輔放鬆身體嵌進沙發中，保羅這才被唐輔的動作弄醒。

「啊，老大早。」

「如果我是綁匪，而你是負責這案子的話，我根本不用大費周章搞網拍，只要把交贖款的時間提早就好，反正警方還在呼呼大睡。」

「對不起。」保羅不好意思的低下頭。

「快去洗把臉。我不要Ａ＆Ｂ的人起來看到你這個模樣。」唐輔推了保羅一下，保羅揉著眼拖行著走向洗手間。

唐輔把雙手繞在胸前。

杰克・牧野。

剛才看綁匪交贖金的指示時唐輔已經覺得奇怪，為甚麼會用指定的拍賣網站，難道綁匪不知道約翰沒有網拍帳戶的嗎？還是「大市集」的覆蓋率大得每個人身邊也一定有人有帳戶？

最巧合的是，牧野就剛巧有帳戶。

再加上他星期三那天的奇怪行動，理論上來說，他是在辦公時間溜出去的，還是昆恩特斯融資計劃限期快到之前，辦完事後應該立刻回公司才對啊，可是他卻莫名其妙的去了甚麼商務飯店。

整件事讓唐輔越來越想不透。本來以為是惡作劇，但是犯人卻是離奇的計劃周詳，每個細節也沒有遺漏。和約翰去過昆恩特斯後，他發現了達素這個人，整個案件翻了一百八十度，頓時變成了失意工程師的復仇。

現在看到交贖金的指示，竟然牽扯了二百人，究竟是達素其實是新興宗教教主，動員了信徒來犯案？還是那其實是……

這時唐輔看到植嶝仁拿著牛奶和玉米片從廚房出來。昨晚折騰了一晚，昆恩特斯團隊的人還在睡，只有植嶝仁最早起。

「喂！」唐輔從沙發站起來。「『大市集』的事你熟悉嗎？」

植嶝仁只是點點頭。

「同一個人可以開超過一個帳戶的嗎？」唐輔想到，犯人可能並不是有二百人，而是同一個人有二百個帳號。

「不是不可以，」植嶝仁悠閒地坐在沙發上嚼著玉米片，唐輔就是討厭他這種事不關己的態度。「可是『大市集』是美國上市公司，911以後美國政府監控很嚴密，為了防止資金流到恐怖份子手中。所以如果有人這樣開了二百個戶口，他來不及綁架昆恩特斯的財務資料，就先被FBI盯上了。」

這個植嶝仁說得也有道理。「牧野說過『大市集』只接受『e錢包』付款，而『e錢包』又和銀行個人帳戶連上，那不是很容易便知道對方的身份了嗎？」

「你們警方不是甚麼也知道的嗎？」輪到植嶝仁在揶揄唐輔。

唐輔沒作聲。

「你說的沒錯。」植嶝仁把玉米片送進口中。「可是那是只有幾個帳戶的情況，現在可是二百個帳戶，只是找出那二百個人也要點時間吧。」

和亞雪妮說的一樣，看來真的是時間問題。

綁匪真聰明。他就是知道所有事可以查得到，但都要時間去查，所以他才定下那麼短時間的限期。

唐輔看著優哉游哉吃著玉米片的植嶝仁，本來自己以為這個IT男十居其九也有涉案，可是現在他又覺得植嶝仁參與這宗綁架的可能性很低。雖然唐輔也遇過那種富家子因為時間太多，為了惡作劇而犯案，可是這個植嶝仁，根本不在意自己是富家子這個身份，甚至不想別人知道他的背景。而且，照保羅所說，這小子還多多動作，發放甚麼綁匪連絡的假訊息，看來就是要從昆恩特斯團隊中揪出綁匪的內應似的。如果他是其中一份子的話，就不會這樣做。

「你在懷疑牧野嗎？」植嶝仁的聲音突然在旁邊響起。

沒料到他會問得這樣直接，唐輔頓時猶豫起來，但他知道不能沉默太久，否則那等於同意了植嶝仁的說法。

「我懷疑所有人，包括你。」唐輔終於想到這種說了等於沒說的話，這是他從警局那裡學來的，分局局長對著媒體就常常這樣說話，還有和其他分局的人開會時，也是這樣有的沒的胡扯。

「的確，我是很方便的對象。」

「那你有沒有參與這場綁架？」

「如果我說沒有，你會相信嗎？」植嶝仁突然停下嚼玉米片的動作。「你剛剛問我有沒有參與這場綁架。」

那個不是問題，他的語氣是在說一項發現。

「怎麼了？」

「你是問，我有沒有『參與』，這表示，你知道這宗案子不是一個人所為。」

「我也知道你會看穿。」唐輔露出一個微笑。「你剛剛說我『知道』這案子不是一人所為。」

植嶝仁放下盛著玉米片的碗。「因為我覺得那是一個事實，所以我說你『知道』而不是『認為』。」

「我沒看錯，你果然是聰明人。」

「生在一個大家族中，聽不懂弦外之音是混不下去的。」植嶝仁換了個舒服的坐姿，差點整個人沒入沙發中。「你知道達素・撒勤吧？」

「昆恩特斯的首席工程師？」唐輔有點意外，沒想到植嶝仁會知道到這個地步，他很有興趣這個IT男還知道甚麼。

「你昨天去了昆恩特斯，應該知道他離職了吧，我也是在你不在時，聽到朗奴和艾蓮談起。」

唐輔側側頭，示意植嶝仁繼續說下去。

「你不認為綁匪的行動很有違常理嗎？從贖款的金額，到交贖款的方法。令人懷疑他的目的不是錢。」

「你認為是復仇？」

「因為資金問題，昆恩特斯要放棄CHOK這個對達素來說是夢想的計劃，我可以想像他的心情。」

「那內應那方面呢？既然你說不是你，那你有甚麼看法？」

「勒索的電郵肯定是從A&B的伺服器發出的，那表示是從連接著A&B內聯網的電腦發出的，要不是達素的內應在A&B大樓內發出，也可以是達素利用VPN接上Ａ＆Ｂ的內聯網，親自發出那電郵。但無論是哪種方法，他都需要有Ａ＆Ｂ的員工做內應。」

還有前天在Ａ＆Ｂ大樓大堂鬼鬼祟祟那些人。唐輔心想，但是他當然不打算把這些告訴植嶝仁，因為心底裡他仍沒有完全排除對植嶝仁的懷疑。

唐輔看著植嶝仁，他正閉著眼在假寐。雖然他表面上看起來甚麼也無所謂，但是這個人還是有點深藏不露的氣質，並不是一般只會打電玩的小子。正如他所說，生在有錢大家族中，他懂的手段可能比局長老大還要高明。

「其實……」植嶝仁睜開眼。「還有一個可能……」

「那是甚麼？」唐輔問道，這時他感覺到口袋裡手機的震動。「對不起，喂？亞雪妮？」

「老大，電訊公司剛回覆了我，他們終於查到，發出勒索電郵的ＩＰ，是來自Ａ＆Ｂ手機的企業伺服器。」

「手機？那是甚麼意思？」唐輔一這樣說，他感到植嶝仁的身子稍稍挪動了。

「即是那電郵是由手機連上網絡而發出的。他們查到，那支手機的登記用戶是植嶝仁。」

15

星期五，9：00AM。

「你怎麼解釋這個？」當那個重口音刑警把手機屏幕顯示的資料給自己看時，他對警方那麼快追蹤到有點意外，他還以為可以在警方追蹤到前把手機找出來。「那個勒索電郵是從你的手機發出的。」

「……這正是我想告訴你，第三個可能性。」植嶝仁對電郵是從自己手機發出並不感到驚訝，正確來說他一早已有那個預感，現在只是確認而已。「因為A&B員工用的手機，所有數據的傳送，無論是電郵還是連上網路，都設定是必定要經A&B的企業伺服器。可是由於是流動的設備，所以比追蹤一般電腦IP要久。不過原來警方也蠻有效率的嘛。」植嶝仁微笑，但那可不是帶著欣賞的笑。

「現在不是說笑的時候。」唐輔一臉嚴肅說著。「為甚麼那封電郵是從你的手機發出的？你知道這對你很不利嗎？其實有這個證據我已經可以請你回警局了。」

「可是我也對你說過，我的手機不見了。」植嶝仁的臉變得冷峻。「如果你不相信可以搜搜看。怎樣？要不要我脫光給你搜？」植嶝仁打開雙臂，一副「來啊」的挑釁。

「……真的不是你？」

「我一早便說我不是綁匪，問題是你相不相信。」

「那你覺得我們接下來要怎樣做？」

「既然知道綁匪用了我的手機，就可以調查它還連絡過哪裡啊，雖然上了哪些網頁可能追蹤不到，但說不定也可以找出其他蛛絲馬跡——說不定可能當中有我們熟悉的人。」植嶝仁和唐輔交換了一個眼神後，唐輔便向公寓外走去。

當昆恩特斯團隊的其他人陸陸續續起床出來客廳時，植嶝仁反而覺得睏了。

當然是了，這兩天都沒睡好。今天已是星期五，已經來到最後一天，贖款已經交了，接下來在今天收市時就可以知道綁匪會不會遵守承諾，不把昆恩特斯的財務資料公開。

植嶝仁閉上眼，本來是想休息一下，可是大腦卻不受控制的又在整理整個事件的來龍去脈。

今天五點前A&B要把融資計劃提交給昆恩特斯的管理層，待他們審閱過後便會提交給董事會，如無意外的話在下星期五的董事大會便會通過選擇哪個融資計劃，之後便會由A&B和銀行磋商細節。

本來企業融資是平常不過的事，可是這次涉及CHOK這個項目的未來。因為CHOK這個龐大的虛擬社區計劃需要研發的資金，而投資的機構便利用這再發行科研證券，可是原本合作的銀行，因為CHOK開發的延誤而不再注資，這在敲定新投資者前昆恩特斯和A&B都很緊張不能洩露給外界知道。因為萬一市場對科研證券失去信心而不再買，這個市場便會停頓下來，到時候好幾千億的到期票據便不能被贖回，也就是新一輪風暴的起點。

植嶝仁知道，自己的父親也會被牽連。

而令事情複雜起來的，是昆恩特斯的首席軟體工程師達素・撒勤的離職。

究竟整個綁架事件是不是達素對昆恩特斯的復仇？

現在肯定綁匪的勒索電郵是從自己的手機連上網路的免費電郵網站寄出的。而小儒是他所知道最後一個接觸過他手機的人，也就是說小儒是綁匪同黨的機會很大。

剛才去弄早餐時，無意中聽到那重口音刑警和警局那邊的通話，好像是牧野那天離開老趙的工作室後，沒有直接回公司，而是去了甚麼商務飯店。

難道牧野和石小儒兩人也是內應？他們都是A&B裡年輕的職員，加上一直都待在昆恩特斯團隊，可能就在不為人知的情況下和達素混熟，然後被他利用來參與這次綁架也不無可能。

「嗨。」說曹操曹操便到，牧野正好從房間走出來。

「早。」植嶝仁看到他也差點嚇了一跳。牧野像是整晚沒睡似的，佈滿血絲的雙眼底下有著大大的黑眼圈。

「喂，你猜綁匪的下一步是怎樣？」牧野坐到植嶝仁的旁邊問。

「不是還有一封電郵沒開嗎？那應該是綁匪最後一項指令吧。」本來植嶝仁是不想理他的，但因為看來那個重口音刑警也對他有懷疑，他也想對他套套話，看看他會不會露出破綻。

「可是錢也給了，還會有甚麼指示？」

「我哪知道？倒是你，現在銀行裡有十萬元啦！」植嶝仁故意這樣說，想看看牧野會有甚麼反應。

牧野冷笑了一聲。「嗤，錢又不是我的。難道我會為區區十萬捲款逃走嗎？如果市道好的話，我一年的分紅也差不多。」

對喔，這些投資銀行金融才俊才不會為了這「區區十萬」而以身犯險。

「好了，工作工作。」牧野看到大家也在飯桌那邊開始工作，伸了個懶腰後也走過去那邊。

這時植嶝仁才留意到，昆恩特斯團隊的所有人都已坐到飯廳的大飯桌旁，每個人拿著一份列印出來的報告在翻，看來他們是在為報告作審閱。

石小儒也不例外，木無表情的她拿著紅色原子筆，專注地一邊比對資料一邊做批改，有點像個小學老師在批改習作。

大概和局裡談完吧，唐輔回到公寓裡，看到所有人都默默地工作，他也靜靜的坐在一旁。不久他的手機又響起。

可是這次唐輔沒有走開，就直接在飯廳接了電話。「喂？真的？太好了。嗯，再連絡吧。」
「老大，甚麼事？」
「亞雪妮說，有同僚在Ａ＆Ｂ大樓大堂逮到可疑人物。」
甚麼？可疑人物？
「誒？」一如以往，又是朗奴最大反應。「那就是嫌疑人囉？那不是很快便可以破案了？」
「嗯，詳細情形還沒弄清楚，但只要那個可疑人招了的話，就可以知道誰是同伙了。」唐輔邊說邊用獵鷹般的眼神環視著飯廳裡的每個人。
公寓頓時陷入一片沉默。
植嶝仁悄悄地看著石小儒的方向。
「真奇怪的綁匪。」朗奴咕嚕著。「一時是入侵，好像是個了不起的電腦專家，可是現在又那麼容易被抓到……」
對了，植嶝仁想起，達素應該還不知道，自己偽做了有人嘗試入侵的事件。因為在告訴大家有不尋常通訊那段時間，自己雖然一直都在重點觀察著小儒，但是也有留意著其他人，可是都沒有甚麼動靜，所以才會納悶內應是怎樣和達素連絡的。
而現在，看來達素除了Ａ＆Ｂ的內應外，他還有其他同伙，而這個同伙就被警方抓了。

可是，這樣事情便複雜了，昨天為了讓小儒露出破綻，植嶝仁故意說有綁匪嘗試入侵的跡象，可是小儒一直都很冷靜，不像因為這個消息而陣腳大亂，所以他懷疑達素和石小儒有著出乎意料的默契，無論發生甚麼事，都不會互相連絡以免露出破綻。可是現在原來達素又有另一個同伙，這表示這個「綁架團隊」最少也有三個人。

三個人可以在不互通消息的清況下完成這場綁架嗎？

小儒偷了自己的手機，這個差不多可以肯定。

勒索電郵是從自己的手機發出的，這是肯定的。

而小儒對「綁匪」要連絡這個訊息無動於衷，這也是事實。最有可能的解釋是，她知道那是偽造的訊息。為甚麼她會知道訊息是假的？植嶝仁想著，眼光不經意掃過唐輔。

咦？這……

唐輔用剛才他環視各人、那一種像是獵鷹般的眼神，暗暗地盯著牧野。

對了！甚麼抓到可疑人物也是偽做的！唐輔和自己一樣，都想用這一招把在A&B裡的犯人引出來！不同的是，昨天植嶝仁是為了引石小儒露出破綻，現在唐輔想引的是牧野，他希望藉此引牧野和達素連絡。

有同伙被抓，一般來說都會怕那個人把自己供出來，A&B裡的內應聽到這個消息，應該會想和主謀達素取得聯繫。

植嶝仁想著，然後目光不經意停留在石小儒的身上。

出乎植嶝仁意料之外，本來冷冰冰地在批閱報告的石小儒，現在卻是一臉緊張的樣子，眼神一時游移不定，可是每隔幾秒便偷偷看她放在桌上的手機。

而唐輔只是留意著牧野，小儒剛好背對著他，至於其他人都在忙著審閱報告，所以好像還沒被發現。

小儒在緊張甚麼呢？植嶝仁感到不解。

昨天她明明對自己偽造的訊息沒有反應，為何現在會因為「同伙」被抓而緊張起來？

如果她和達素真的有那麼完美的計劃，她應該對唐輔無動於衷才對。

在她又在偷看手機時，其中一部震動起來，像在做虧心事的她嚇得把目光移回報告書上。

艾蓮站起來。「是我的。」說著她便拿起剛才震動的那部手機。「廣告電郵，真是的。我才不需要增長。」

艾蓮這一句把氣氛緩和了不少，牧野、朗奴都笑出來。石小儒也有擠出微笑，可是植嶝仁搞不清楚，那是演戲還是真的對這個話題感到尷尬而勉強的笑。

再這樣下去，小儒快要被重口音刑警發現她的不妥了。植嶝仁不禁擔心起來。那個古板的刑警，真的會把事情如約翰所希望般壓下去嗎？萬一 CHOK 的事抖出來，科研證券和老爸也會很麻煩。

突然響起手機的鈴聲，當大家知道是從唐輔的手機發出時，本來放鬆了的氣氛又再繃緊起來，艾蓮也不禁表露出不滿的表情。

這次唐輔沒有走出公寓外面，而是走進廚房裡，大概還想留意著飯廳裡牧野的動靜吧。

「朗奴，這裡這樣寫好像不太好，感覺像是遺漏了甚麼。」艾蓮這時拿著報告對朗奴說。「第三頁，第四點。」

「是嗎……」

他們的對話剛好蓋過了唐輔的聲音，在客廳的植嶝仁裝作若無其事的走向洗手間，一進去他便把耳朵壓在門上，希望能聽到唐輔的談話內容。

「你們已經派人去飯店了？」雖然唐輔壓低聲音，但植嶝仁還是能隱約聽到。

「……」

「『放在這裡的包裹被提取了嗎？』他是這樣問？只有這個？」

「……」

「兩星期前嗎？給拍到了？」

「……」

「那也沒辦法，那人提取時一定會很小心的，拍不到也很正常。不要緊，亞雪妮，妳已做得很好了。那稍後再連絡，掰。」

聽到唐輔要掛線，植嶝仁立刻按下馬桶沖水手掣，不讓唐輔知道他在偷聽。不過唐輔不知道自己聽到了稍早的時候他和局裡那個亞雪妮的通話，所以會以為自己不會明白剛才那通電話的上文下理。

警方已經派人去過牧野星期二那天去過的商務飯店，這是植嶝仁從唐輔的說話中猜到的。牧野兩星期前把一件包裹寄放在飯店的櫃檯，那天他沒有立刻回公司，就是去了飯店確認包裹是否已經被提取了。

聽起來牧野的行動確實很可疑，他在老趙那裡的時候，A&B的人已經發了瘋似的在找他，按理離開老趙那裡應該立刻回公司報到，可是他卻特地去了飯店確認自己早前寄放的東西是不是已經被提取。

問題是，牧野這個舉動，和昆恩特斯的資料被「綁架」有沒有關係？

植嶝仁打開洗手間內的水龍頭，再從櫃子拿出空氣清新劑噴了兩下，做成自己剛才在洗手間大解的假象。畢竟在裡面待那麼久，這樣才不會引起懷疑。

回到客廳時，植嶝仁再偷看石小儒，她仍然是一臉緊張，艾蓮在旁邊一直和她談笑，可是她都是有一句沒一句的。

「唏！你怎麼去了那麼久啊？大號嗎？」看到植嶝仁出來，艾蓮笑他。

「哈哈，可能剛才牛奶喝多了，我腸胃不大好。」

「希望真的只是腸胃不好吧。」唐輔突然冒出來。

「怎麼說？」

「剛才是警局打來的，雖然不清楚具體情況，但是好像那個可疑人已經招了，說還有其他同伙參與綁架昆恩特斯的資料。局方那邊再整理一下供詞，便可以一舉逮捕犯人。」

整個公寓裡的所有人這時都靜了下來，就像喜劇演員說了一個不好笑的笑話，台下沒有人笑的那種死寂。

「呃，我去沖咖啡。」艾蓮打破沉默站了起來。

「呀，我也要，艾蓮姐我和妳一起去。」牧野也站起來。

「小、小儒，這份妳看一下。」朗奴把一疊資料交給石小儒。

「啊，好！」

看來昆恩特斯團隊中的人對犯人已招供好像沒有甚麼感覺。植嶝仁心裡在嘲笑著，他聽到唐輔在廚房和局裡的對話，所以知道說甚麼犯人已招了都是假的。

植嶝仁再偷看石小儒，她在比對朗奴剛交給她的那疊資料。奇怪的是，這時她的表情好像輕鬆了不少，拿著筆在批改著的手也好像特別輕快。

剛才她還是繃緊著臉的，只是在短短幾分鐘裡，究竟發生了甚麼事？看到小儒整個人都放鬆下來了，肯定是在這幾分鐘裡發生了甚麼事而讓她安心下來的。

植嶝仁在回想，剛剛那幾分鐘發生了甚麼事？

本來唐輔說抓到嫌疑人，石小儒聽到後也很緊張的，可是之後說犯人已經招了，很快便可以逮捕其他同黨，這時石小儒卻反而輕鬆了。

為甚麼呢？聽到犯人招了，應該更緊張吧，為甚麼反倒更輕鬆了呢？

抓到犯人，石小儒會表現緊張，表示她知道 A&B 大樓真的有可疑的人，說不定真是她的同伙。

而聽的那個人招了反而輕鬆了，很有可能是，石小儒從中聽出了唐輔在說謊。他們之間一定有甚麼約定好的，一定不會供其他人出來，所以唐輔說犯人招了，反而露出破綻，石小儒便聽得出唐輔在說謊，說不定還能從此肯定連抓到可疑人物也是假的。

植嶝仁失笑，唐輔這次是畫蛇添足了，他太急想引在昆恩特斯團隊裡的內應出來，可是卻犯了錯誤。這樣一來，石小儒一定會更小心了。

在植嶝仁還在思考的時候，唐輔的手機又響起來，他在聽另一頭的說話時差點要從沙發上跳起來。

「保羅！好好看著這裡！等一下局裡會有人來接應你。我要出去一下！」

「老大，究竟發生了甚麼事？」

「剛才那是亞雪妮，她說找到達素・撒勤了。」

16

星期五，11：00AM。

唐輔來到公寓樓下時，來接他的車已經在等了。車上其中一人看到唐輔，便從副駕駛座下車，向唐輔點一下頭便走進公寓去——他就是來接替唐輔和保羅一起監視著A＆B員工的刑警。

「對不起。」唐輔邊走上副駕駛座邊道歉。「要你們特地繞到這裡。」

「沒有，從這裡開車過去二十分鐘不到，已經把塞車計算在內。」

可疑人物被捕是假的，唐輔本來是希望利用同伙被抓這個消息來引A＆B裡的那內應去連絡達素，這樣便能一石二鳥，既可以揪出內應，又可以找到達素的下落。不過沒想到好像沒有人中計。

為甚麼呢？他肯定在A＆B大樓大堂鬼鬼祟祟的人和綁架案有關，可是為甚麼同伙被抓都可以無動於衷？他發放了這個消息後一直盯緊著牧野，可是他好像對此沒有甚麼感覺。

還好現在找到了達素。亞雪妮查出達素母親所住的療養院，打電話去詢問下發現原來三天前達素的母親動了個小手術，之後達素都在療養院陪著她，所以沒有回去租住的公寓。據院長說，達素人正在院中。

因為還沒有確切的證據證明達素是綁架事件的主謀，而且他對公眾沒有即時危險，所以現階段也只是向他問話協助調查。以目前為止犯人所表現的機智，如果達素真的是綁架的主謀的話，向他問話將會是一場難纏的角力。

「對了，亞雪妮已經和這邊的分局打過招呼了。」負責駕駛的刑警說著。對喔，現在可說是跨區辦案，程序上要通知這區的分局，行政上的事亞雪妮從不讓唐輔操心。

「他們有沒有問是甚麼案子？」

「好像沒有，這個時間他們也忙。」

那就好。唐輔不想這案子變得高調。他看一看車上的時鐘。

十一點。離看下一封電郵的時間還有三小時，希望可以在那之前把事件解決。療養院位於市中心的西邊的住宅區，雖然仍是T市範圍，可是景物和A&B位處的金融區可差太遠。他們一進去，院長已經在等了。

「你們就是亞雪妮在電話中說的同事吧。我叫嘉芙蓮・皮栢，是這裡的院長。」

皮栢女士看起來有六十歲，穿著連身洋裝的她是一個優雅的老婦人。不知是她在電話中對亞雪妮說，還是亞雪妮聰明，唐輔他們不是乘警車來，而皮栢也沒有說他們是警察，大概她不想驚動其他人。

「撒勤老太太住的是獨立房間，最裡面右邊的那間就是了。」皮栢給唐輔他們指示房間的方向。「撒勤先生這幾天都住在那裡陪著撒勤老太太。」

「沒有離開過嗎？」唐輔問，雖然他也大概猜到答案。

「沒有。這裡不是遊樂園，訪客出入要登記，各個出入口也有攝錄機。撒勤先生以前就常常來看撒勤老太太，和這裡每一個都熟，如果他有離開過我們一定知道的。」皮栢女士說時有一種無可挑戰的威嚴。

唐輔本來向走廊走了幾步，但又回頭走回皮栢那裡。

「院長，撒勤老太太的手術，是一早安排好的嗎？」

皮栢猶豫了片刻。「不是，手術的原因是甚麼因為涉及私隱我不方便說，但那是突發的情況，雖然是小手術，但因為撒勤老太太年事已高，大家也很擔心。」

所以才會特別留意到達素。唐輔心感不妙，如果是突然要入院做手術，就不會是一早安排好的不在場證明。

可是除了達素，還有誰有幹這種事的動機？

想著唐輔和另外那名組員已經走到撒勤老太太的房間，房門打開著。

他們本來以為房內的情景會是達素的母親躺在床上，而達素則是憂心的坐在旁邊。可是房間內，一名坐在輪椅上的老婦人在窗邊，達素則坐在婦人旁邊的沙發上。兩人手中都各握著一本書和筆。看來那真的不是甚麼大手術。

聽到門外的聲音，達素抬起頭。

「是達素・撒勤先生嗎？」唐輔問，另一人想拿出警察證，但被唐輔制止。「方便的話，可以出來談談嗎？」

「媽，妳先自己玩。」說著達素把書和筆擱在沙發上，原來那是數獨的題目本。

「你不要知道自己要輸就使詐。」達素的母親推一推鼻樑上的眼鏡，唐輔看到她在那瞬間看了自己和同僚一眼。

達素笑著拍拍母親的手，便走出房間。

「甚麼事？」達素帶唐輔他們到走廊的角落。

「我們是T市中區分局的刑警。」唐輔亮出證件。「有些事情想請教一下。」

「警察？」達素繞著雙手挨在牆邊。「我不記得我有犯事。」

「你就是前昆恩特斯的首席軟體工程師是吧？」

「嗯。」

「負責CHOK計劃的開發……」和唐輔一起來的刑警說，唐輔立刻阻止。

「甚麼事？」

「沒有，這個星期三凌晨兩點到八點，你人在哪裡，在幹甚麼？」

石小儒完成現金流量分析是星期三凌晨兩點左右，一直到早上八點他們發現資料不見了的六個鐘頭內，就是犯人能「綁架」資料的時間帶。

「不在場證明？這是謀殺案嗎？」達素反問。

「不，不是謀殺案，只是有個普通案件。」

「我在市中心的S醫院，家母星期二下午有個小手術，我一直在醫院，直到昨天她回到這裡，我都在這裡陪著她。」

唐輔從他的態度來看，覺得他不像在說謊，可是曾經作為企業高層，達素應對突如其來的提問司空見慣，所以早有準備也不足為奇。

「你們大可去查，這兩天無數的醫生護士可以為我作證。」

說得也是，除了監獄和警局外，醫院、療養院和小學是被監視得最嚴密的地方了，所有的出入口也有監視器。

「究竟發生甚麼事？」見唐輔沒有反應，達素的聲音有點急。可是他不知道，剛才刑警說溜了嘴是唐輔吩咐的，故意在達素面前提起CHOK，引起他的好奇心。

「好的，你的不在場證明我們會查，有需要可能會再和你連絡。」唐輔作勢要離開。

「等等，你們還沒有說是甚麼事？」達素叫住唐輔。

唐輔從口袋掏出一張紙，那是網路上公開了的昆恩特斯產品的程式。「昆恩特斯懷疑有人把機密資料偷了放上網。」

達素接過那紙張看了一會。「不錯，這是我們……不，昆恩特斯產品的程式，更具體來說，是CHOK的一段程式。不過我可以保證，把程式洩露出去的，絕對不是我。」

唐輔盯著達素，期待他自己繼續說下去。

「這段程式，是舊的，是早期還沒通過的程式，後來已經修改了，要放上網我也放最新的版本。」達素把紙還給唐輔。「我猜測是參與過 CHOK 計劃的前員工的惡搞，因為現役員工都知道這程式是舊的，有些甚至沒看過這個。」

「你認為前員工為甚麼要這樣做？是和 CHOK 計劃有關嗎？」唐輔用自然的語氣說著，卻一邊留意著達素的反應。

「CHOK……」說著這個名字時，達素的表情像是聽到前度戀人的名字。

唐輔就是要賭這一把，聽到心血結晶的 CHOK 計劃牽涉入案件，達素一定會問。

「你是不是有甚麼想說？」

「如果這是和 CHOK 有關的話，我可以告訴你，沒有人比我更清楚這個系統和背後所有計劃……」說到這裡，達素嘆了口氣。「除了那些銀行家在想甚麼我不知道之外。」

看來達素對 CHOK 因為融資問題有可能不能繼續而耿耿於懷。雖然他的確有結實的不在場證明，可是他說得對，正因為他是 CHOK 的設計者，他很有可能一早在系統中藏了駭客說的所謂「暗門」。而且如果他在 A&B 有內應的話，他根本不需要親自動手。

「先不說這個，」唐輔邀達素在走廊的長椅坐下。「你剛才提到銀行家，這幾年昆恩特斯有不少的融資計劃，你也有參與？」

「你是說『科研證券』吧？」達素說時一臉不屑。「昆恩特斯的主要投資者都是那些科研證券的發行人，為了要吸引那些金融機構，我都要出席那些說明會議，讓他們知道CHOK這個計劃可以有多大的回報，可是他們根本就不懂。我遇過一些所謂分析員，大學唸完電腦便跑去當科技公司的分析員，連一行程式也沒寫過。可是現實是，這些人卻決定了CHOK和我的未來。」

唐輔大概可以理解達素的心情。「那你和A&B的人熟稔嗎？昆恩特斯好像是他們的長期客戶。」

「嗯，艾蓮他們嗎？他們好些，因為已經合作那麼久，所以起碼那個團隊對我們的業務和計劃都很熟悉。」達素猶豫了一會。「是A&B的人做的？」

果然，他和A&B的人很熟。

「我們要調查所有可能性。你提到艾蓮，是艾蓮．基爾？」

「你認識她？從她還是分析員我就認識她了，她人蠻勤快的。」

看來他和艾蓮關係不錯，這是唐輔的感覺。艾蓮和朗奴同期，但明顯連外人如達素也對艾蓮有多些好感。

「那其他人呢？」

「其他人都有，交集也不是很多。特別是年輕一輩的，都是開會的時候見過面，例行應酬飯局上一起交談過，但是他們做事都很有效率，就是有點愛玩，例如明明和客戶吃飯，檯底下卻在上網，不過他們那一代都是這樣，慢慢就習慣了。」達素苦笑。「而且他們也是 CHOK 的目標客戶群，如果不是他們那一代的特質，CHOK 就不會成形。」

「你說是『動員』？」唐輔問，他記得這是昆恩特斯那邊不斷強調的。

「你也知道這個？那你一定是和昆恩特斯那邊談過了。」

「那是一個很實事求是的虛擬世界計劃。」唐輔把自己對 CHOK 的見解說出，他知道，像達素這種一級科研人員，如能得到他的認同說不定對套取情報有很大幫助。「不搞甚麼體感性的虛擬實境，而是精神上的。一大票用家，利用手機網絡，付出各自的貢獻，從中獲得 K Point，然後再在現實生活用 K Point，整個循環越滾越大，在手機屏幕這小小的平面空間，卻連接到用家不能或缺的生活，真正把虛擬的空間和用家的現實生活結合。」

「很好很好。」達素笑著點點頭。「你說得比我還好，昆恩特斯應該請你去和那些銀行家談，說不定 CHOK 的命運會不一樣。」

這時達素頓了一頓。「不過有一樣東西昆恩特斯那邊一定沒有說的。」

唐輔側側頭，示意達素說下去。

「CHOK 這個計劃，就如你所說，聽起來是很吸引人的計劃。可是，這個『社區』，其實是一座核電廠。」

「核電廠？」和唐輔一起的刑警嚇了一跳。

「我不是指真的核電廠啦。」達素拍拍那臉色發白的刑警。「我是指，這個虛擬社區其實有很多不穩定性。當要動員那麼大數量的人時，你永遠不可能完全預計到事情會不會跟著你希望的方向走。」

「結果可能是一個災難。」唐輔說著。

達素點點頭。「開發CHOK時，統領的都是年長一輩的工程師，因為他們在經驗方面更能處理系統所需的技術問題。可是我們盡量在團隊中加入年輕的成員，因為畢竟這個系統是以年輕人為對象。可是……這樣說好像把自己說得很老。」達素搔搔頭。「可是那些年輕人……有時真的很難駕馭。」

「工作態度的問題嗎？」想起保羅，唐輔也有點感同身受。

「不要誤會，我絕無貶低他們的意思，怎樣說呢……應該說是大家的觀點太不同了。他們可能只是比我小十多歲，可是網路就是他們的兒時玩伴，他們一天接收的資訊，可能就是從前我們一個星期的量；他們一小時可以找到學到的東西，可能從前要一整天才完成。在這樣的環境下成長，在他們的字典裡，『耐性』這個字是不存在的。年輕一輩當遇到需時的步驟時，他們很少會願意老老實實的完成所需的每一個步驟，而是想一個不需那麼多時間，但達到差不多效果的方法。但問題是，耐性是高質素完成品不可缺少的東西，這個定律，我不認為在可見的將來會消失。」

「所以，這引起了系統的問題？」

達素點點頭。「光是團隊合作上就有問題，開始時組長會花時間親自改正，後來組長發現不能長此下去，便發還給年輕組員重做，漸漸團隊中便多了摩擦，甚至影響到系統的開發，一些里程不能在限期前完成，或是問題來不及處理，給銀行家示範時出了大糗。這樣的計劃，怎能讓人有信心投資？」

「所以你懷疑是離職的員工？」

「整個計劃中有不少年輕員工受不了離職，可是他們加入時和公司簽了很苛刻的條約，離職一年內不能從事和軟體有關的工作，大概有人心有不甘，在網上惡搞。其實也不只一次的了。」

「所以只是單看自己的團隊，便知道這其實是在建一座核電廠。」

「對，看自己的下屬已這樣，連我也沒有信心，用家會怎樣利用這個龐大的虛擬世界。我有向行政總裁提出要不要限制用家的能力，但沒人理會我。」

「A&B內有沒有人知道你的想法？」唐輔關心的，是既然達素不是犯人，那A&B裡誰會參與這宗綁架？主謀又究竟是誰？

可是達素搖頭。「說到底我和 A&B只是諮詢顧問和客戶員工的關係，他們的目的是要協助昆恩特斯融資，我不認為他們真的會對CHOK的理念有興趣。」

「不好意思，這是我們職責所在，可以請你說一下和 A&B 那昆恩特斯團隊裡面每個人的關係嗎？」

「艾蓮我說過了，很勤快的人。朗奴嘛……雖然我認識他日子也不短，可是都不是太熟，他不是超級巨星型，風頭常給艾蓮蓋過，也因此我和艾蓮交集多些。至於杰克……」

「杰克？」

「杰克・牧野啊，那個日裔的。就是典型我剛才說的那類年輕人，很聰明，就是沒耐性，有時犯上一些小錯，但也很大膽，我約過他喝了幾次咖啡，了解一下年輕人的想法，他有時候的想法或是敢做的事也把我嚇了一跳。」

牧野？唐輔想起亞雪妮查到牧野在資料被綁架那天的不正常行動。

「具體是怎樣的事？」

「有一次，我在員工餐廳碰到牧野和小儒，我就知道公司又有新差事交給 A&B，邊吃飯邊閒談時，他問我將來 CHOK 會不會有紅燈區，又說學生有沒有辦法可以利用 CHOK 來作弊。最有趣的，是他聽到第一階段測試有五千個用家時，他說如果能在每個用家身上集資十元，那他便可以買到很漂亮的戒指向女友求婚了。這所有的事，都是在幾分鐘內說的，他的腦袋就是可以從成人玩意到學生生活再飛到成家立室。這些點子你聽起來好像很荒誕，但那也是 CHOK 的精神所在。」

唐輔想起交贖款的方法是買下二百盒玉米片，這和 CHOK「動員」的理念可算是異曲同工。雖然牧野說過十萬美元數目太少，但是唐輔在看過一些調查，說如果犯罪而不會被抓到的話，大部份人也會敢去犯案。如果牧野肯定自己不會被查出，那額外的十萬元不是正好可以幫補他買求婚戒指的錢嗎？

「那……我也沒有甚麼其他問題了，謝謝你的時間，告辭了。」唐輔感到，從達素口中不像會再問出甚麼來了。雖然達素看起來不像是犯人，可是唐輔遇過不少表裡不一的兇徒，他知道面對嫌疑犯不能只看表面，只有證據才最可靠，他打算回去要亞雪妮再查達素有沒有可疑的事。「如果你想起甚麼，請和我連絡。」

達素接過唐輔的名片，隨手便把它放進口袋。

17

星期五，11：00AM。

當唐輔出去找達素的時候，植嶝仁就在公寓無所事事。

贖款已經交了，A&B對昆恩特斯融資計劃的報告已經完成，朗奴已經把報告寄給約翰審閱。另一邊，警方已經找到達素，那個重口音刑警已經去抓人了，如無意外，只要把贖款追蹤到達素身上，加上其他環境證據，便能起訴他吧。

所以公寓內各人的工作都好像已經告一段落般，植嶝仁也無所事事。

他望過去石小儒的方向，她在整理文件；牧野坐在她的旁邊，敲著鍵盤不知在做甚麼；而那個保羅則緊緊的盯著牧野。

大概是唐輔要保羅盯緊牧野吧，他似乎已認定牧野是達素的內應。

這時保羅的手機突然響起，嚇得他有點手忙腳亂，艾蓮也差點笑出來。

「亞雪妮，怎麼了？」看來是警局打來的。「甚麼？他去了達素母親住的療養院嘛……可能訊號接收不良吧。甚麼？五個人？二百個人中只有五個是有可疑的？呃，妳等一下，讓我抄下來……好好，如果老大連絡的話我告訴他……」

植嶝仁真想笑出來，看來保羅還搞不清狀況。明明唐輔叫他看著其他人，就是因為怕其中一人是犯人，可是他竟然在這些嫌疑人面前大聲說出警局的情報。

二百人……那是指在「大市集」放售「超健康玉米片」那二百個賣家吧。唐輔記下了那二百個帳號，應該是叫警局那邊從中查出可疑的人。

既然他也這樣把那些帳號讀出來，不記下好像對不起自己吧。可是手邊沒有電腦又沒有紙筆，植嶝仁只能把這五個名字牢牢記在腦中，幸好都是些很爛的網名，一聽就很容易記著。其中一個叫 messedupangel。

messedupangel——墮落天使？聽起來像是擁有天使臉孔的蕩女，可是搞不好是個大胖子。

保羅掛線後，不知何時站到他身後的朗奴用手指敲敲他的肩。

「刑警先生……我不是有心偷聽，可是你說得那麼大聲……」

「喂！」保羅現在才發現。「警察辦案，市民不要洩露風聲……」

「知道啦知道啦。」朗奴沒好氣的說。「我不是要說出去，只是有情報啊，說不定對案子有幫助。」

「甚麼事？」

「剛才你說那些網名，其中一個不是 messedupangel 嗎？」

「呃，好像是。」保羅看一看他的筆記。「那又怎麼了？那是你認識的人？」

「怎會？只是這個網名很特別，我就在想在哪裡聽過，終於想起來了。」說著朗奴跑到他的筆電前叫出了一個檔案。「那是CHOK其中一位參加測試的用家。」

「甚麼？」

朗奴點頭。「這是昆恩特斯給我們、有關CHOK第一階段測試的用家，平常這種列表我們是不需要的，可是這個網名實在……咳，有點特別，所以我記得。」

你是對網名的主人有不切實際的幻想吧。植嶝仁想。

筆電屏幕顯示出一個列表，密密麻麻的列著一個個的網名、用家所在地、每月手機網路用量等等。

「因為是第一階段的測試，所以只是T市和周邊的地方。」朗奴邊說邊啟動搜尋的指令，並輸入"messedupangel"進行搜尋。

當搜尋結果顯示出在列表中載有"messedupangel"那行時，保羅頓時瞪大雙眼。

「真的耶，原來是CHOK的測試用家！」

朗奴搶過保羅手中那寫有五個可疑用家網名的紙，再在列表中搜尋每一個，果然，全都是CHOK測試的用家。

「可以查一查是不是全部二百個買家都是CHOK的測試玩家嗎？」保羅問。

「嗯，當然可以，唐輔不是把那二百人的名字交給局中那個亞雪妮的嗎？請她把名單寄過來。」

不一會，名單已寄到保羅的郵箱中，他再轉寄給朗奴。朗奴把名單換成和列表一樣的格式，然後雙手像是在鍵盤上跳舞般敲打著。幾分鐘後，那二百人的網名旁邊的空格，像是有鬼般亮起了一個個的"YES"字樣。

「看吧，二百個人都是 CHOK 的測試用家。」

「哇！很厲害！都自動耶！」保羅驚叫。

「我只是用寫了個簡單的 macro 程式，自動搜尋這二百個名字。」朗奴交叉著手在胸前，一臉神氣的樣子。

省省吧，植嶝仁心裡失笑。在這裡不懂寫 macro 程式的只有保羅吧，有甚麼好自豪的。

「所以說，這二百人都是 CHOK 的玩家囉？」牧野終於開口。

朗奴點點頭。雖然這是一大突破，可是 A&B 整個昆恩特斯團隊都能讀取這個名單，所以單是知道二百名賣家都是 CHOK 的玩家並不能把嫌犯的範圍收窄。

「喂，」植嶝仁轉向保羅。「你在局中的同僚有沒有說為甚麼這五個人特別可疑？」

和自己不同，警方有龐大的調查網絡，他們一定是發現了甚麼而鎖定那五個賣家，再這樣下去，如果石小儒真的和這有關聯的話，警方很快便會找到案件和她的關係。

可是保羅有點猶豫，看來他總算沒完全忘記自己的任務是看著他們，看穿保羅所想的植嶝仁，立刻把他拉到廚房。

「保羅，大家也想快些把事情解決而已，我聽到你說，唐輔在接收不到手機訊號的地方不是嗎？既然你連絡不到他，這裡便要由你作主了喔。」

「由我作主？」保羅眼中好像閃過一絲興奮。

植嶝仁用力的點頭。「當然是了。破案這回事，不是有甚麼黃金七十二小時的嗎？現在分分秒秒也很重要啦！難道你真的想坐在這裡等唐輔嗎？」

「嗯……」看到保羅不自覺的在點頭，植嶝仁知道他的遊說奏效了。

「網路上的人，如果不及時抓住他們，可能下一分鐘他們換了個網名，所有線索便消失了喲。」

「也對……」

「那這樣吧，你只告訴我一個，我保證不會給外面昆恩特斯團隊那些人知道，那可以吧？你今早也看見我和唐輔在討論案情，你可以信任我。只要我知道為甚麼鎖定那五個人，我可以用我系統管理人的權限，看看有沒有這些人和Ａ＆Ｂ連上的蛛絲馬跡，如果在唐輔回來前找到的話你便立了大功啦。」

「真的？」保羅稍稍露出微笑，可是又抑壓著，那個似笑非笑的表情讓植嶝仁覺得很滑稽。「亞雪妮說，這五個人用的雖然是不同的銀行帳戶，可是五個銀行帳戶登記的住址是一樣的。」

同一個地址？沒有理會眼前的保羅，植嶝仁已經跌入思考中。

不同的銀行帳戶，那就避過了「大市集」對可疑用戶的過濾，因為「大市集」不可能知道用戶是住在同一個地址，所以如果一個人有五個銀行帳戶的話就可以避過。問題是，如果是同一個人，警方不可能現在還查不到。

植嶝仁回到座位，雙手又開始在敲打著鍵盤，可是他故意放慢動作，一時又用滑鼠，讓同桌A&B的人以為他在悠閒地上網。

「怎麼了？」朗奴壓低聲音問他，可是根本所有人也聽得到他。「那個警察有說甚麼嗎？」

「吶——他的嘴很緊，甚麼也不肯說。」植嶝仁邊說著邊按下滑鼠鍵。

沒有人看到，植嶝仁在A&B的電郵伺服器中，找到了剛才保羅寄給朗奴的電郵，附件就是列著CHOK測試玩家名單的檔案。

真是沒有戒心耶，植嶝仁心裡笑著，這個名單，除了用家的暱稱、住址和手機數據用量外，最重要的，是列有每個用家的手機號碼。

有了手機號碼，就可以連絡上這些人。

剛才他對保羅說甚麼網路用家會消失，當然是唬嚇他的。唐輔不在，沒有人給在警局的亞雪妮指示，她應該還不會有所行動，植嶝仁決定好好把握這段時間。他登入一個網頁，那是給人發手機簡訊的，只要輸入對方的手機號碼，便能發簡訊到對方的手機，而對方的回覆也會顯示在一個聊天視窗上，簡單來說，就像是網路聊天室一樣，只是另一方是在手機打簡訊。據說這是給被父母沒收了手機的少年人用的，網頁也確實是高中生會喜歡的設計。對現在沒有手機，而且被監視著的植嶝仁來說，這網頁正好合乎他的需要。幸好約翰信任他，讓他監視昆恩特斯團隊對外的通訊，就是沒有人監視自己。

「唷。妳是 messedupangel 嗎？——boredprincess」植嶝仁寫了封簡訊給 messedupangel，他給自己起名「悶得發慌的公主」。

「妳是誰？」幾分鐘後，網頁的聊天視窗出現了這一行字。

「我知道妳在『大市集』賣『超健康玉米片』是吧？我在『大市集』看到了，其實我男友也有賣。」

「那又怎樣？」

「我男友不肯告訴我那是甚麼來的，我懷疑他有小三，賣東西得來的錢就是花在那個賤人身上。」

等了幾分鐘，還是沒有回應。

「我看到妳也是其中一個賣家，不知怎的我就是覺得妳可以幫到我，我知道這很唐突……」植嶝仁再傳一個簡訊出去，刻意扮成楚楚可憐的女孩。

「妳今年幾歲？」messedupangel 丟出這樣一條問題。

「十七。」植嶝仁邊打邊笑，messedupangel 肯定是個男的。「我就是覺得氣憤嘛，他說我胸脯太大不準我穿大領的衣服，可是現在他卻有小三！」

「妳要和他分手嗎？」

「我要先找出他的罪證！所以我想知道他何時會去交收『超健康玉米片』。」

「沒有用的，他根本不用出來交收。」

甚麼？

「超健康玉米片」的賣家已經收了錢，可是如果不出來交收，那他們怎樣把錢交給綁架案的主謀？

「我不明白耶，不是網拍完結後要交收的嗎？」

「因為這是『惡作劇證券』。」

「『惡作劇證券』？」植嶝仁也不禁呆住了，昨天艾蓮也有提到，而且他也記得那是怎麼回事，可是他真的沒想到這也是「惡作劇證券」。

「就是既可以作弄人，又可以賺錢的工具。我們之前付了錢，就可以參與這個惡作劇，看到真的有人買那個『超健康玉米片』就覺得很有趣。」

有趣？植嶝仁在想像哪天警察找上門告訴他，他和刑案有關的時候還會不會覺得有趣。

「那你們是付了多少？」

「四百八十元，可是妳也知道了，隔天便賺了二十元啊。」

二十元，回報是四厘左右，以現在的利率來說，一點也不差。可是四百八十元的入場費好像太多了。

「四百八十元？妳不怕對方拿了錢逃之夭夭嗎？」植嶝仁追問下去。

「不怕，反正也只是K Point。而且是直接存入對方在CHOK的K Point帳戶，所以如果有甚麼事，警察可以追蹤到嘛。」

我也是這樣找到你吶，植嶝仁想。

「等等，妳說CHOK？」

「是啊，這可是CHOK用家限定的『惡作劇證券』。之前幾輪好像有很高的回報，所以我看到這次的『惡作劇證券』開售時我叫全家人一起參加，賺到剛好可以吃頓好的。幸好我家中所有人都參加了CHOK的測試，所以五個人都在被邀之列。」

對了，messedupangel被認定是最可疑，因為他和其他四人都是同一個登記住址，看來他是故意叫全家人一起參與的，所以才會出現這個情況。

「妳不知道的嗎？」

「我聽男友說過，CHOK是夫路茲手機的系統吧？我是科技白痴。」

「對喔，其實就好像認真版的RPG遊戲加社交網站吧，在CHOK裡可以買東西、交友等等，我們可是被選上當系統的第一批測試用家。」

「那個甚麼證券是怎麼找上妳的？」

「我們收到電郵，邀請我們登入一個網站，裡面就有惡作劇證券。我想準是那些宣傳公司向昆恩達斯買下了測試員的資料吧。」

難怪所有「超健康玉米片」的賣家都是CHOK的測試員，很有可能是有人根據那份名單發出邀請。會報名參與測試CHOK的，都是勇於嘗試新事物，敢於冒險的人，會好奇參加這個惡作劇也很合理。而且付的是K Point，對很多用家來說，還沒有當那是真金白銀的心態。

「唏，其實失戀也沒有甚麼大不了嘛，要不要出來玩玩，我知道今晚有個很好玩的派對喲。」messedupangel話題一轉，開始邀約boredprincess。

「等一下才說這個啦，妳說妳付了K Points給某個人，我在想我男友有沒有可能用這個來掩飾去給小三錢？」植嶝仁立刻把話題拉回來。

「不會吧……」

「不如這樣，妳告訴我妳是向誰買下惡作劇證券的可以嗎？不揪出那個賤人我不甘心！」

對方沒有回覆，大概是在猶豫。

「算了，妳不幫我我找別人。」

「好啦好啦，妳不要說是我給妳的啊。」

「那當然，妳真是好人。」

對方把惡作劇證券賣家的暱稱和電郵傳給了植嶝仁，收到後植嶝仁馬上離開那個網站。他發了封電郵給那個人，說自己是大學金融系的一年級生，在網路上看到他賣「惡作劇證券」想以那作為報告的題目，希望能從他那裡得到一些資料。

現在只有等待對方回覆了，植嶝仁鎖上電腦的屏幕，便伸了個懶腰，舒展一下筋骨。公寓裡的電話這個時候響起，朗奴起來接聽。「是，是我們叫的，可以請他上來。」

「外賣送來了！」朗奴歡愉的說著。

「剛好，我也肚子餓了。」牧野起來，向洗手間的方向走去。也許因為要吃午餐的關係，所有人都一個一個的去了洗手間洗手，順道上個廁所。之後有的走到廚房拿飲料，有的坐到沙發那邊，大家都趁機休息一下。一時間，所有人在公寓內走動，讓植嶝仁想起還在家住時，每逢節日家裡開派對，母親和傭人們也是這樣在團團轉。

午餐送來後，那頓時變成所有人的焦點，大家都在誇讚約翰沒有待薄他們。

石小儒這時無聲無息的站起來，植嶝仁覺得她像是看準了時間般。

是的，她是看準了所有人的注意力都在午餐那邊時才站起來的，植嶝仁還看到她裝作若無其事的拿起了放在桌上的其中一支手機，她的動作那麼俐落，就像個扒手似的，然後很快便消失在洗手間那邊。

果然露出破綻了！植嶝仁感到自己心跳加速，他也站起來走到廚房，可是眼睛卻是一直盯著門扉緊閉的洗手間。

在洗手間門開的一刻，植嶝仁彷彿也聽到自己的心好像也跟著「咚」的跳了一下。

「妳在裡面做甚麼？」植嶝仁走上去，小聲的問石小儒。

「誒？」不知是裝傻還是真的聽不明白，石小儒側著頭，一副莫名其妙的表情。

「妳還裝蒜？」植嶝仁捉著她還握著手機的手。「這是甚麼？妳在和綁匪連絡！」

植嶝仁看了一眼從石小儒手上搶過來的手機。

咦？

屏幕上顯示著的桌布……這部……是植嶝仁自己的手機！

他輸入自己的手機開鎖密碼，當那主頁坦蕩蕩的出現在眼前時，他不禁苦笑。竟然都沒有發現，自己的手機其實一直就在面前，昨天他還像個特務般到處找。

石小儒看到自己開鎖而知道密碼，她偷走手機後就一直把它帶在身邊，大大方方的當成是她的手機一般，沒有人、包括植嶝仁，會懷疑，那根本不是她的。

所以那天牧野說傳了電郵到她的私人郵箱而她卻收不到，因為她手中的是植嶝仁的手機。

植嶝仁按著自己的手機，查看石小儒做過甚麼，不過他也不抱有期待，如果石小儒要和外界連絡，她一定會用網路電郵，所以他也是隨便按按。當他不經意的叫出了相簿時，他仍是看到了石小儒的比基尼照。

她當時說要甚麼親自刪除，根本就是謊話，她是想藉故拿了我的手機。

讓植嶝仁感到奇怪的是，有一張新拍的照片。

那是自己睡著時被拍下的半身照，照片中自己的嘴微張，雖然雙眼緊閉，但還是可以看得出一副累壞了的樣子，這明顯就是昨晚自己累得在沙發上睡著的時候拍的。

為甚麼石小儒會拍下這樣的照片？如果她真的暗戀自己也不會用他的手機拍呀。

「你們在做甚麼？」沒想到保羅突然出現，他看到植嶝仁手中的手機。「這是你的手機？不是不見了的嗎？」

「我剛才在洗手間撿到的。」沒想到石小儒會這樣說。植嶝仁壓住心裡的驚訝。「我去找衛生紙時，在櫃子裡看到的。我認得那個桌布，想到應該是阿植的手機。」

「這是你的手機？」保羅看著植嶝仁。

「是的，看來偷我手機的人發現不能再瞞下去了……誒？」

「怎麼了？」

「沒電了。」植嶝仁回到座位，從他隨身帶來的電腦袋子中拿出電線把手機和筆電連接起來。「讓我看看這部手機不在我手中時做過甚麼……」他的雙手又開始在鍵盤上飛快地敲著，眼睛的餘光好像看到石小儒緊張的表情。

手機沒電當然是假的，他只是不想給保羅看到任何能抓住石小儒把柄的東西。

「奇怪了。」幾分鐘後，植嶝仁冒出一句。

「怎麼了？」保羅問道。

「這部手機不行了，有人重設這部手機。」

「重設？那是甚麼意思？」

「就是把所有這部手機中的東西徹底刪除了囉。」朗奴搭話。「就像電腦硬碟format了一樣，還原了原廠的設定，之前的東西全都沒有了。」

「這樣啊……」保羅嘆氣。「好不容易以為有新線索……」

手機的話題就此結束，其他人也回到吃午餐的話題上。

植嶝仁轉過去石小儒的方向，她在看著他。

她緊皺著眉，頭有點側，一臉不解的看著他。

重設這款手機，不需要甚麼厲害的駭客，最簡單的方法，是不斷輸入錯誤的開鎖密碼，到系統的限定數量時，手機便會自動重設。

植嶝仁從石小儒的表情就知道，她看穿了是自己把手機重設的。

然而在石小儒說甚麼以前，公寓的門被打開了。

18

星期五，2：00PM。

「恭喜！閣下已經走到這一步了，我保證，一切很快便會結束。

「既然閣下已經付了錢買『超健康玉米片』，請務必去拿取你付錢買下的東西，請在下午三點，也就是一個小時後，穿著白色上衣和戴白色帽，到E商場中的五個地點：

「1.地下美食廣場其中一張桌子旁邊

「2.一樓噴水池旁

「3.一樓禮物包裝櫃檯旁

「4.二樓聖誕樹下面

「5.二樓電梯旁的垃圾桶的後面

「在這五個地點會放有一個紅色的禮物紙袋，裡面各有十包『超健康玉米片』，請到以上地點提取並帶回A&B約翰．栢克的辦公室。

「可是只是這樣提取便太可惜了，既然快要結束，就來場遊戲吧！『超健康玉米片』的代言吉祥物是小綿羊，我們就來個捉羊的遊戲吧！當閣下去提取『超健康玉米片』時，可能會遇到一些來阻止的人，就叫他們做豺狼吧。豺狼會來搶你們已領取的『超健康玉米片』，請不要給他們得逞，如果豺狼其中一人拿到『超健康玉米片』的話，我會立即公開昆恩特斯的財務資料。當然，為公平起見，只要小綿羊五分鐘內平安到達『羊圈』，也就是E商場前的地下鐵站，便算你們過關，豺狼也會放棄追捕。請記著，把『超健康玉米片』順利帶回A&B也是任務之一，如果任務完成不了，昆恩特斯的資料也會被公開。

「還有，不要打算拘捕豺狼，如果任何一名豺狼沒有在四點前回到我們的基地的話，我也會立刻公開資料。

「把總數五十包的『超健康玉米片』帶到約翰・栢克的辦公室後，整個昆恩特斯團隊也要齊集，每包『超健康玉米片』上面也會有個號碼，請跟著下面的順序把五十包『超健康玉米片』數字向辦公室內排列好在約翰・栢克的辦公室的窗前。請在四點前完成排列，否則也當不能完成任務論。」

電郵最底附有一幅圖片，是一個劃有五十個格子的長方形，最左下角的那一格寫著1，然後由左到右2，3，4等到10。在寫著10的格子上面那個是11，然後從右到左再數，就這樣到最頂右上角就是50。

「這他媽的是甚麼？」唐輔在綁匪指定要看下個電郵半小時前才回到A&B的公寓，看完綁匪最後一個電郵後，已經不理有女士在場吐出一堆髒話。

所有人也陷入一片混亂，因為沒想到綁匪竟然會要求他們出去提取物件。經過像是衝鋒車一般的忙亂後，現在剩下的只有等待，唐輔很自然地在腦中整理事件到此為止的脈絡。

和達素見面後，唐輔差不多肯定，他和案件應該無關。而且保羅和亞雪妮也說，當自己和同僚在療養院時，手機收不到訊號，如果達素是犯人的話，應該不會冒險待在手機可能收不到訊號的地方。究竟綁匪葫蘆裡賣甚麼藥？唐輔以為交了贖款便可以從收款人那條線把犯人抓住，可是植嶝仁剛給他一些資料，原來他在自己不在的時候，騙保羅拿了亞雪妮給他的那五個可疑賣家的資料，因為那五個可疑賣家銀行帳戶的登記住址是一樣的。

「本來還以為是甚麼集團式的犯罪，可是看來只是那個 messedupangel 為了賺多些錢而叫家人也一起參加。」植嶝仁把調查得來的資料交給唐輔時這樣說。「不過有趣的是，他在『大市集』貼文賣『超健康玉米片』前，就已經付了錢參加這場遊戲了，我電郵給收了 messedupangel 錢的人，可是還沒有回覆，這就是那個人的電郵和暱稱，可能你動用警方的資源會更快找到他。」

雖然唐輔對保羅那麼容易便被植嶝仁騙了資料有點不高興，可是要不是植嶝仁在自己不在的時候進行了調查，案件的進展也不會那麼快。

據植嶝仁的調查，在「大市集」賣「超健康玉米片」那二百個人，全都是參與

CHOK試用的手機用戶，有人利用了那個資料，引這些人參加「惡作劇證券」的遊戲，每人付了價值四百八十元的K Points，便獲得指示要在「大市集」貼文，A&B利用e錢包付款給他們，一天的時間每人便賺了二十元，而且是真錢而不是K Points。

二十元……只是為了賺二十元而付四百八十元？這好像說不通耶。

另一件事，是植嶝仁的手機終於找到了。保羅說，有人把手機放在洗手間內，可是不知甚麼原因，手機被重設成原廠設定了，所以不能查到這幾天這部手機幹過甚麼。通話紀錄只要問一問電訊公司便可以知道了，可是電訊公司不會知道手機登入過哪些網頁。而且重設了的手機，所有紀錄也沒有了，所以雖然所有數據交通都經過A&B的企業伺服器，可是要從伺服器那邊追查並不是一下子就能完成的事。

不過如此說來，偷植嶝仁手機的，肯定是昆恩特斯團隊的人，才能把手機藏在公寓的廁所內。

他看了後面坐著那昆恩特斯團隊的所有人，每一個都面露緊張的神色。這是當然的了，如果四點前不能完成任務，昆恩特斯的資料便會被公開，綁匪是刻意把時限定在四點的，那距離股票交易所收市還有一個小時。要是有甚麼資料流出，那一個小時可以令昆恩特斯的股價大幅波動。

越來越奇怪——那是唐輔讀著那最後一封電郵時的想法。不過這個疑問在唐輔的腦中也只是一閃而過，因為當務之急是安排提取「超健康玉米片」的事。幸好綁匪給了一個小時去準備，唐輔已經調動了局裡的人，分成五個三人小組，小組內一人負責去綁匪要求的五個地點取東西，另外兩人在附近看哨，連準備器材的時間，不用半小時便已經到達商場準備行動。他認為，除了豺狼外，綁匪一定還會在商場內監視著提取的過程，畢竟他們也不想其他人意外地拿走了東西。雖然綁匪說明不可以拘捕阻止的豺狼，但如果還有其他人的話，那警方拘捕那些人也不算犯規，所以唐輔也安排了其他人看哨。

不過有一點很奇怪，這和之前上網買「超健康玉米片」有點不一樣，綁匪這次給我們一個小時準備，不，他們說四點前把東西帶到A&B約翰的辦公室，那差不多是兩個小時。而之前上網買「超健康玉米片」時，對方給他們一小時去買二百個品目，那也只是僅夠時間去完成。E商場離A&B大樓只有幾條街的距離，走路也只要十多分鐘，乘地鐵的話十分鐘內便到了。可是綁匪卻給他們一個小時去取物，再有一個小時拿回來約翰的辦公室，以綁匪的角度，不是給越少時間他們準備越好嗎？

還有，綁匪說提取時可能會遇到來阻止的人，那是甚麼意思？為甚麼要玩這樣無聊的遊戲？真的只是為了模仿廣告嗎？

不過雖然那叫唐輔有點在意，可是最大的難題是，對方要求去E商場提取，現在正值是聖誕購物的高峰期，這個時間商場一定擠滿了人。所以唐輔差不多可以肯定，綁匪一定會在商場內，因為他們需要人潮作掩護，可是另一方面，要在商場那麼多人的地方逮住綁匪有一定難度。

「組長，器材已經準備好了。」亞雪妮拿著對講機走進約翰的辦公室，因為綁匪要求物品要送到約翰在A&B的辦公室，加上昆恩特斯團隊的工作已經完成，所以大夥也把大本營搬回A&B，唐輔也在約翰的辦公室設立臨時的指揮中心。

「喂，一二三四五隊，你們聽不聽得到？」唐輔對著對講機說。

「組長！我們一隊已經在商場了。」其中一人回覆。「我們找到美食廣場那放了禮物袋的桌子，我們正在附近看守著，暫時沒有甚麼可疑。」

其他四隊也接著回覆，所有地點都已經放置著禮物袋。唐輔已經預料到了，在兩點以前，他們根本不知道綁匪會叫他們去取「超健康玉米片」，所以綁匪才不會蠢得在兩點後才把禮物袋放在指定地點。

不過這樣說來，難道綁匪是知道，或是認為現場會有警察在？

「很好，你們繼續監視，有甚麼事立刻通知我。」

唐輔看著從網上下載的商場平面圖，五個地點都不約而同的接近商場的出入口，但也因此離地下鐵站有點遠。看到這個格局，唐輔認為是有利綁匪在豺狼以外的同黨成事後逃走。每個小隊都在那出入口查看過，因為是聖誕購物高峰，出入口都停著很多等人的車輛，根本不能確定是不是綁匪的車子。

「組長，三隊發現可疑人物。」接近三點，對講機傳來報告。房間裡面的氣氛一下子緊張起來。

「情況如何？」

「這邊是包禮物的櫃檯，有個人在附近，沒有要包的禮物，可是卻一直盯著櫃檯看，又不像在等人。要去盤問他一下嗎？」

「不要。」唐輔說。「不要打草驚蛇。留意著他和附近，他可能有同黨。」

「報告，一隊這邊也有可疑人物。」

「組長，五隊也是。」

不一會，五個地點都出現了可疑人物。據他們報告，五個地點出現的，都是單人一名二十多歲的男子，頭戴冷帽，穿著黑色夾克。

「可能會遇到一些來阻止的人。」

豺狼出現了。

「組長，離三點還有兩分鐘。」亞雪妮提醒著。

唐輔盯著手錶，已經很久沒有這樣盯著時間了，那兩分鐘好像兩個鐘頭那麼長。

「各單位準備，開始行動。」三點整唐輔對著對講機說。

下達指令後，唐輔感到在約翰辦公室裡的所有人都屏息著呼吸。

「這是一隊，信鴿出去了。」「信鴿」是負責去取禮物袋那警員的代號，同隊另外兩人的代號分別是「藍鳥」和「速龍」。唐輔故意不用小綿羊，怕犯人截取到他們的無線電波。

「二隊信鴿行動。」

五個小隊也開始行動了，對講機那邊有幾十秒的寧靜。因為時間關係，同時也為了保持低調，唐輔沒有請求商場方面協助，所以現在只是憑對講機去了解商場那邊發生的事。沒多久，所有信鴿回報已經成功拿到禮物袋。

「裡面真的是玉米片耶。」其中一人說。

「這是藍鳥三，發現有人要接近信鴿三！」對講機突然傳來三隊的發現，辦公室內所有人都不禁輕輕驚呼，但又不敢大聲，怕影響警方的工作。

「一隊這邊也是！」

「五隊也是！」

「二隊也是！」

五個小隊也發現有人要接近信鴿。唐輔對著對講機發下指令：「所有信鴿混入人群中，所有藍鳥扮成路人阻擋那人，非必要不要表露身份。」

「知道！」所有人回覆。出發前唐輔吩咐過他們，儘量避免在商場或街上和對方追逐，因為一方面會在公眾地方引起混亂，另一方面也會把事情鬧大。

「這是速龍一，剛才那個夾克男好像想走近信鴿！要我去引開他嗎？」

「好的……」

唐輔語音未落，對講機又傳來聲響。

「組長，這是速龍四，我們這邊那夾克男也想走近信鴿，但剛好有人擋在那個人前面。」

「速龍四，暫停行動，看清楚情況。」

「這是藍鳥三，我本來要去扮路人，可是突然有一個女孩在那個走向信鴿的人前暈倒，同行的女孩在求援。因為人群都聚到那個方向，剛好擋住那個人，信鴿安全。」

「速龍三，你們那隊準備照原定計劃行動。」唐輔納悶，怎麼突然出現那麼多狀況？

「組長，這是信鴿四，我剛到達一樓，我感到有人跟著我。」

奇怪，如果有人這個時候出現跟蹤信鴿四，沒理由同隊的藍鳥和速龍都沒有發現。

唐輔再看一看商場平面圖。第四隊負責的地點是二樓的聖誕樹。商場地下中央有一棵巨型聖誕樹，而二樓那棵只是一般的大小，相比之下沒有人會注意它。雖然那個地點接近商場二樓其中一個出入口，可是唐輔吩咐信鴿拿到東西後，利用最近的扶手電梯走到一樓，再走到連接商場的地下鐵站，乘地下鐵回來。

唐輔是想到會有人在聖誕樹附近看著，可是在一樓？而且竟然避過了藍鳥和速龍？對方究竟是甚麼人？

「信鴿四，情況如何？」

「那個人離我大約二十公尺，好像越來越近。」

「你距離地下鐵站有多遠？」

「兩分鐘，不，最多一分半鐘。」

「盡量混進人群中，上列車前找機會變裝。」每名隊員身上都有一個購物袋，用來把玉米片放進去後把紅色禮物袋丟掉，畢竟紅色的禮物袋太醒目了。

「這是速龍二號，已經準備好去接應信鴿二號。」二隊的地點是噴水池，地點空曠很容易被搶東西，唐輔指示速龍在最近的商店內等候，信鴿拿到東西後，便立刻走進商店中把東西交給速龍，再拿著空的禮物袋出來。

「這是藍鳥二號，信鴿二號已經進了商店，有人跟著他，可是他只是在外面盯著。」唐輔露出笑容，這一次他猜中了，二隊他特意安排信鴿和速龍都是女警，她們進去的，正是女裝內衣專門店。

二隊應該安全了，很快便聽到回報說速龍進了地鐵站。

「組長！這是信鴿四，我錯失了進站的機會，我快要到達咖啡店，現在要找另一個地下鐵站入口！」

可惡，竟然在這個時候！唐輔看著平面圖。「過了咖啡店再過三個店，然後轉左，便會看到另一個地下鐵站入口……」

「組長！這是藍鳥一號，信鴿快到達地下鐵站，可是有兩個人跟著信鴿，附近沒甚麼人，我和速龍都沒機會走過去和信鴿交換禮物！」

「這是速龍三號，我剛剛阻擋了其中一個想跟上信鴿的人，信鴿現正走向目標商場出口，可是在他前面十公尺有兩個可疑的人，我和藍鳥都離信鴿太遠……」唐輔本來的計劃是，信鴿三號不用商場裡面的地下鐵站出入口，而是利用另外一個出口走到街上，再走到街上的站入口。可是現在好像原來計劃的路線有埋伏。

唐輔在看平面圖，要用另一個出入口，便一定要往回走，太引人注目了。

「組長，」保羅拿著唐輔的手機走過來。「你的手機在響……」

「我當然聽到它在響！你替我接。」

「嗯嗯。喂？啊，好，你等等。」保羅用手蓋著手機。「是達素・撒勤。他說想起了一些事。」

「我沒空接，你問他是甚麼事記下來，我等下回覆他。」真是的，怎麼在這個節骨眼上打來？

「組長，這是信鴿三號，請給指示！」

「組長，這是信鴿五，我正乘扶手電梯下去一樓，可是我看到離電梯十公尺的柱子好像有人在盯著。」

「藍鳥和速龍呢？」

「我們正從樓梯下去。」

只有十公尺，他們趕得及攔截嗎？那裡離地下鐵站入口還有二十多公尺，盯著地圖的唐輔不禁緊張起來，除了二隊外，五隊也遇到問題，看來對方也有所準備，每個地點甚至有幾組人在不同的地方埋伏。五個地點，聽起來每個地點起碼有五個人看守。那對方最少也有二十五人，和唐輔一共部署的人數差不多。

為甚麼對方要這樣做？既要我們去取物，又建造了這樣的銅牆鐵壁去阻止我們完成任務。還有，他們究竟有多少人？只為了區區十萬美元的贖金，值得嗎？

一個念頭在唐輔腦中閃過。

這不是和「惡作劇證券」一樣嗎？那二百人不也是為了二十元去參與這場「惡作劇」嗎？難道這些人是買了甚麼證券而這樣做的？

難道……這根本就是綁匪的目的？他們根本就是要我們不能完成任務，然後把資料公開？

「誒？」對講機這時傳來和本來緊張的氣氛完全不搭調的聲音。

「怎麼了？」唐輔問。

「這是甚麼？」再傳來隊員的聲音，可是不像是在回唐輔的話。

「這……」

「不可能……」

「竟然這樣？」

「各小隊請回覆！究竟發生甚麼事？」唐輔喊著。本來坐在一旁的昆恩特斯團隊的人也湊過來聽。

「組長，這是信鴿四號。我在地下鐵站的入口，現在整個地鐵站的人也是戴著白色帽和拿著紅色禮物袋……」

「這是二隊，我在地鐵站入口附近，我看到站內整個人潮都是和信鴿一樣的裝扮！」

「一隊這邊也是！」

「五隊也一樣。」

「三隊也是。」

整個地鐵站內都充斥著一大群和綁匪指定信鴿的裝扮一樣的人潮，約翰辦公室的人都面面相覷，一副還沒搞清狀況的樣子。

不管了，唐輔抓起對講機。「不管是甚麼原因，這是機會！所有信鴿混入那些人當中，伺機乘車回來！」

「知道！」

幸好突然出現這些人潮阻礙了那些埋伏著的人的視線，要不然要擺脫那些人恐怕很麻煩。兩分鐘後，五名信鴿已經安全在回來途中了。

「太好了。」約翰鬆一口氣。

「保羅，你怎麼了？」唐輔留意到保羅呆著站在那裡，手裡還握著手機。「對了，剛才達素打來說甚麼？」

「和達素說的一樣……」保羅喃喃地說。

「甚麼？」

「達素打來，就是說，」保羅吞了吞口水。「他在一個社交網站看過，有人召集人群在今天下午三點五分，穿白色上衣、戴著白帽和手拿紅色禮物袋到E商場前的地鐵站，還號召網民到時候拍下放上網洗版。」

19

星期五，3：30PM。

知道警方派去E商場提取「超健康玉米片」那五名警員都在順利完成任務回來途中，所有人也鬆了口氣。

除了石小儒。她緊緊環抱在胸前的雙手，仍然沒有鬆下來。

植嶝仁覺得這並不尋常。

自從那重口音刑警回來後，植嶝仁就沒有和石小儒說過話，可是他一直悄悄地留意著她。為免留下指向石小儒的證據，植嶝仁把手機重設回原廠設定了，可是石小儒不但沒有半點感謝的樣子，還好像有點惱他這樣做。從公寓搬回 A&B 辦公室後，她就一直只是靜靜的坐在一旁。

「太不可思議了，究竟那些是甚麼人？簡直就像是在幫我們嘛。」

「我想，有人知道綁架的事，可是不好出面，只暗中地在幫我們。」朗奴又在發表偉論。

「甚麼人會這樣做啊？」

昆恩特斯團隊的其他人都在竊竊私語，討論剛才在商場出現和信鴿一模一樣的人潮的事，可是石小儒都沒有加入，從公寓搬回來 A&B 大樓後，她都是坐在一旁，雙手緊緊環抱在胸前，沒說過半句話。

錢已經付了，而且警方已經遵守指示，安全拿到那些「超健康玉米片」了，如果石小儒真的是犯人的話，那她還在緊張甚麼？

「組長！」一個戴著白帽，穿著白色上衣的人出現在辦公室門口，一看便知他是其中一位「信鴿」。他把手中的禮物袋交給唐輔。

唐輔把袋中的東西拿出來，那是一餐份量的小盒裝玉米片，其中一面貼上一個數字，另一面有些地方被塗了紅色，可是每盒被塗上紅色的位置都不一樣。

「綁匪的電郵說，要跟著這個圖，數字向辦公室的排列好。」約翰把圖遞給唐輔。

「栢克，」艾蓮搭話。「為了節省時間，我建議不如先在地上排好，再放上窗邊，那就避免混亂了。」

「好提議，那我們開始吧。」約翰點點頭。

這時其他信鴿和參與行動的警員也陸陸續續回來了，一時間約翰的辦公室有點擠。

「辛苦各位了。」唐輔一拍他們的肩。

「組長，可以來一下嗎？」其中一人開口，他不是穿白衣，所以植嶝仁肯定他不是信鴿，只是不知他是速龍還是藍鳥。

因為所有「超健康玉米片」已經送到，昆恩特斯團隊所有人都著手排列好次序，先是依次序數字向上的把盒子在地上排好，除了植嶝仁外沒有人留意那個刑警的說話。唐輔指示保羅監督著排序，便和那人走到辦公室外面。因為他們不是走得太遠，植嶝仁挨在門旁也可以大約聽到他們的對話。

「有件事……很奇怪。雖說綁匪已經警告過我們是有人會來阻撓，可是我留意到那些埋伏的人，我想，如果我不是警察而是一般市民，可能不會發現到他們。還有他們後來跟蹤的方式，那些人……看來是受過訓練的。」

受過訓練？植嶝仁看著辦公室內也在幫忙排序的石小儒，憑這個女孩子，可以動員一些受過訓練的人參加這次的犯罪？剛才那些穿著和信鴿一樣的人潮植嶝仁可以理解，因為只要在網路上貼出這樣的邀請，就會有這樣一大票無聊的人響應。可是說到受過訓練，懂跟蹤的人，不可能隨隨便便就可以在網路上召來。

石小儒究竟是甚麼人？她在整件事的角色是甚麼？

唐輔讓其他參與行動的警員和亞雪妮先回去，辦公室只又剩下他、保羅和昆恩特斯團隊的人。所有人都在幫忙把一盒盒的「超健康玉米片」按著盒上的號碼排好。

植嶝仁看著那些盒子，驟眼看來不容易察覺，可是細心看會看出每個盒子都有被打開過再黏上的痕跡，而且好像比一般的玉米片重。

「這些盒子好像有些重耶。」牧野也發現了。「裡面真的只是玉米片嗎？」

「你不是要打開來看吧。」朗奴盯著牧野。「來到這一步了，我可不想有甚麼閃失，你可不要輕舉妄動。」

「我也只是說說而已。」牧野笑著看了看手錶。「快要四點了，待一切完結後便可回家好好休息了！」

「你忘了？」艾蓮笑著。「昆恩特斯的融資計劃還在進行中呢，我們只是把計劃的草稿交給了董事局，待計劃落實後我們就有得忙了。」

「嗯，能忙著總是好事。」石小儒也罕有地開口。

「是啊，要是像二〇〇八和二〇〇九年那時便糟了。」朗奴有點感慨。「你們這些丫頭都不知世界艱難。」

石小儒只是陪了個微笑。

「這幾天辛苦大家了。」約翰開始把地上的盒子放上窗邊。「既要趕報告，又要協助處理資料被綁架了的事，不過現在所有事情都能完成，又再證明我的團隊是最精銳的。」

「這個當然。」牧野走上前去協助他把盒子放好。

其他人也走上前去，因為次序已經在地上排好，不消幾分鐘已經把五十個盒子整齊的排好在窗前。

「究竟這是甚麼戲法啊？」朗奴咕嚕著。「把盒子排好有甚麼意義？」

「啊！難道是……拼圖？」艾蓮把最頂那排的其中一個盒子拿下來。「每個盒子另外一面都塗了紅色圖案，把五十個盒子排好，這些紅色圖案說不定就是組成甚麼。」

「有道理。」唐輔走到窗邊。「所以這些盒子一定要根據特定的排列，還有要放在窗邊。如果這樣想，綁匪一定是在看得到這扇窗的地方。保羅，你到對面的大樓去，看看圖案拼出來究竟是甚麼。」

「知道！」說著保羅便直奔到外面。

植嶝仁看看手錶，已經過了四點了，綁匪的電郵中沒有明確說明把盒子排好後要怎樣，現在他想那些盒子拼出的圖案一定有甚麼玄機，說不定那就是下一個指示。

他看著石小儒，她站在約翰的辦公桌旁邊，一隻手輕輕扶著桌面，昆恩特斯的其他人都在談話，她只是在一旁聽著，有時候有的沒的說一兩句。

植嶝仁老是覺得，石小儒還是在緊張甚麼，她扶著桌面的手好像在抖。

這時傳來手機的鈴聲，那是唐輔的手機。

「保羅，怎樣了？」

「唏！保羅在對面！」牧野指著對面的大樓，保羅一邊拿著手機一邊揮手。所有人也都湊了過去窗邊看。

「甚麼？四點十五分？小心？那是甚麼意思？嗯，你快傳過來。」

和保羅掛線後，唐輔便立刻收到電郵，應該是保羅拍下照片傳過來。大家都跑到唐輔身邊想要看一下究竟，植嶝仁也不例外。

「4：15CAUTION！」

那就是從對面的大樓，看到這邊那五十盒玉米片拼出來的圖案。

「『四點十五分小心！』那是甚麼意思？小心甚麼？」

「四點十五分？」約翰看一看錶。「還有兩分鐘。」

所有人不約而同地看著大家，大家都不明白綁匪這個訊息是甚麼。本來鬧哄哄的辦公室頓時陷入一片寂靜。

「等等……」牧野把食指豎起示意大家安靜，其實那也是多此一舉，因為根本沒人在說話。「你們聽不聽得到？」

「聽到甚麼？」朗奴還想說甚麼，可是被艾蓮制止。

「咻——」艾蓮側著頭。「我好像也聽到……滴答滴答的，好像……」

「時鐘？」牧野看著艾蓮，她點點頭。

植嶝仁閉起眼。滴答，滴答，真的像是時鐘秒針走動的聲響。因為大家都靜下來，甚至屏息著呼吸，只要一聽到便捕捉到那個節奏，感覺上好像越來越大聲。

可是約翰的辦公室沒有這樣的時鐘，這裡也只有幾個人戴手錶，應該不會有那種聲響的。細聽之下，那像是很多很多個時鐘，交織著奇怪的樂章。

「4：15CAUTION！」

難道……那是？！

植嶝仁張開眼，他的視線和所有人一樣，都盯著排在窗旁那五十盒玉米片。

所以那比普通的玉米片重。

所以可以看到有被打開過再黏回的痕跡。
牧野和艾蓮的腿，已經在慢慢的往後退。
「不會吧……」連一直都很冷靜的艾蓮，聲音也在抖。
「那，那，那是炸彈！」牧野指著盒子。「四點十五分便會爆炸！」
「哇！」朗奴咚的跌在地上，然後差不多是用爬的走向門口。
炸彈？
「快！快走！整層樓的人都要疏散！」還來不及反應，植嶝仁便聽到唐輔的聲音在耳邊響起，他一隻手抓著植嶝仁的手臂，另一隻手拖著倒在地上的朗奴一起離開約翰的辦公室。混亂中植嶝仁好像看到約翰先讓牧野和艾蓮離開，再緊緊的跟在後面跑。當植嶝仁回過神來，他已經在那層的逃生樓梯旁，唐輔正在讓整樓層的人有秩序的逃生。
石小儒呢？難道她還在辦公室內？
「喂！你還在猶豫甚麼？沒時間了！」唐輔正要拉植嶝仁到逃生樓梯，這時約翰辦公室那邊傳來聲響。
「哇！」
「爆炸了！」
在逃生樓梯的人都不約而同地伏下，有女員工已哭了出來。
咦？

植嶝仁鬆開按著頭的雙手，慢慢的站起來。

已經過了一分鐘，沒有爆炸的跡象，只有讓人頭痛欲裂的聲響。

那是鬧鐘的響鬧聲！

植嶝仁跑到約翰的辦公室，鬧鐘的聲響充斥著，五十個盒子散落一地，隔著盒子也可以看到裡面的鬧鐘在震動。夾雜在響鬧聲中的，還有女人的尖叫聲。

那是石小儒，她仍然在辦公桌的旁邊，只是蹲在地上，雙手抱著頭，可以看到她在放聲尖叫，可是在鬧鐘群中，她的叫聲都差不多被淹沒。

植嶝仁走過去，他發現石小儒沒有走，不，應該說走不動的原因：她高跟鞋的鞋跟斷了，看來她還扭傷了腳。

「沒事了。」會議室內，艾蓮輕撫著石小儒的頭髮，石小儒一隻腳敷著冰袋放在另一張椅子上面，她雙手捧著艾蓮剛為她沖的咖啡。

昆恩特斯團隊各人都齊集在會議室內，才幾天前，這些人才在同一個會議室，被約翰勸說自首。現在約翰雙手合十的坐在會議桌旁，而桌上放著一個打開了的「超健康玉米片」的盒子，裡面沒有玉米片，而是被放了一個小型鬧鐘，就是能輕易在商店也能買到的那種。犯人在每一盒都放了一個調校響鬧時間在四點十五分的鬧鐘，時間一到便五十個鬧鐘一起響。警方在檢驗其他四十九個盒子和鬧鐘。

「真是的！甚麼人幹這樣的惡作劇啊？」牧野拿起那盒子再丟回桌上。

是的，犯人的目的是甚麼？為甚麼要這樣做？植嶝仁把玩著那鬧鐘，究竟有甚麼玄機？

傳來敲門聲，進來的是唐輔和保羅。

「各位，要各位留在這裡，不好意思。」植嶝仁留意到唐輔手中握著一張紙。「請問各位對這個玉米片盒和鬧鐘有沒有頭緒？」

所有人都搖搖頭。

「是這樣的，我們在其中一盒中，找到這一張字條和卡片。」唐輔把字條放在桌上。「這是影印本，正本已交去鑑證科了。」

約翰拿起字條，上面列印著一行字。「『中央車站２０９』，那是……車站的儲物櫃？」

唐輔點點頭。「我們剛去過，卡片是開儲物櫃的條碼，２０９號裡面有個包裹，包裹裡面有五萬八千元現金和一百個網名，亞雪妮正在追查那一百個人。想問一下對此各位有沒有頭緒？」

又是搖頭。

「既然這樣，我們也不再打擾各位了。有甚麼事我們會連絡你們，你們想起甚麼事，無論是甚麼，也請通知我。」

「各位同事，」約翰站起來。「這幾天辛苦了。報告初稿已交到昆恩特斯那邊，他們也要好好讀一下，不會那麼快有回覆，這個週末大家好好休息一下，星期一給我精精神神的回來！」

「知道！」

約翰轉向植嶝仁。「阿植，你也回家吧，這樣把你捲了進來，你喜歡的話下星期放兩天假好好休息一下，我會和行政部主管說的。」

「我可以的，明天起是週末，我休息那兩天便行了。」植嶝仁拿起他從家中帶來、本來放著換洗的衣服的手提袋。「那星期一見。」

「阿植，掰掰！」其他人都熱情地對植嶝仁說再見，除了石小儒——唯一他本來就認識的人。

石小儒雖然看著他，但她沒有說甚麼，只是稍微皺著眉。

回家的路上，植嶝仁腦中還是有無數個問號。

事情還沒有完結。

那個包裹，為甚麼會有錢？那一百個人又是誰？還有石小儒，他最終還是沒有揭穿她，雖然他不知道這樣做對不對。

帶著這些疑問，植嶝仁終於回到了他幾天沒回的家，一踏進公寓，沙發上的背影便映入眼簾。大概是這幾天過得太刺激，他下意識以為有危險想要逃。

「仁！」那身影站起來，久違了的稱呼傳入植嶝仁的耳中。

「爸爸？」

20

星期五，6：00PM。

「你就是crazygroove？」唐輔看著眼前的小伙子。男孩應該剛好只有五呎高，中等身材，耳朵塞著耳筒，音樂連唐輔都聽得見。

男孩點點頭，唐輔給他看警察的證件，但是他好像不是太在意。「我沒有犯事。」

這是大學宿舍大堂，根據犯人留在車站儲物櫃的字條，上面有一百個暱稱，亞雪妮很快便找到其中十幾人。其中一個，便是這個一臉慵懶，都不知哪來有groove的大學生。

「你最近不是參與了甚麼嗎？」

「甚麼參與了甚麼……啊，你說那個聲援證券。」

「聲援證券？」

「嗯……大約是在三個月前，我收到電郵，說外國有網民要中傷夫路茲的聲譽，要集合本國網民的力量反擊，而且也會有回報，自從我參加了CHOK系統的測試後，這種活動的邀請也多了。」

原來他也是CHOK的測試用家。

「那要做甚麼的？」

「參加費是五百八十元，報名後我收到指示，要我把報名費現金夾在心意卡放進一個信封中，然後把信交到C飯店的櫃檯，說是給一個叫約翰・栢克——一位已訂了房在兩星期後入住的客人。對方說約翰・栢克就是發起聲援的人，不過天曉得那是不是真名。」

「五百八十元？竟然會付這樣的數目給一個素未謀面的人？」唐輔覺得很不可思議。

五百八十元一個人，一百個人就是五萬八千元，剛好是儲物櫃裡的現金數目。

「很奇怪嗎？我不認為啦。比起那些瘋狂的行徑，我最大的損失也只是五百八十元而已，但卻有可能是在參與了不起的事嘛。而且，最後我也賺了。」

「怎麼說？」

「一個多星期後，有人給我價值六百七十二元的 K Points。」

「你知道付 K Points 給你的是誰嗎？」

「我只知道他的暱稱。」

問了那個人的暱稱後，唐輔去了 crazygroove 寄放「報名費」的飯店。果然，三個月前，有個約翰・栢克在網路用信用卡訂房，可是預訂在原定入住的兩天前取消，所以沒有被收取任何費用。而那天就有個人來提取了那個信封。

「那人說是栢克先生的秘書，栢克先生因為計劃有變而要取消訂房，但知道栢克先生的朋友把一封信存放在這裡要栢克先生帶回去，所以便派他來拿。」飯店櫃檯職員這樣說。

「你記得那個人的長相嗎？」

「這……好像是穿著西裝，有點瘦削的男人，但畢竟是三個月前，我也不是太清楚……」那職員一臉為難的說。「警察先生，你知道，我們都只是為客人提供方便，那個人說得出栢克先生的全名和訂房日期，所以我們也沒有特別查核他的身份……」

當然，誰會對穿著西裝彬彬有禮的秘書起疑心？唐輔也不得不佩服犯人在這方面的細心。

後來唐輔也看了監視器的錄像，一如所料，也是拍不到犯人的容貌。但是唐輔還是把錄像借回去，說不定鑑證科能發現甚麼。

比對整個時間帶，三個月前crazygroove和其他九十九個人參加了這個聲援行動，接著把錢寄放在飯店，一個多星期後，他們收到了K Points，而第二天有人提取了飯店的錢，再取消用約翰名義訂了的房間。

即是說，在那些參與者收到K Points前，他們的「參加費」是原封不動的在飯店櫃檯中。而現在，這筆參加費又原銀奉還了。

公車上，唐輔的雙眼沒有停下來，他不斷地看著車上每一個人。

他和保羅各自連絡了那名單上好幾個人，事情大致上和 crazygroove 所說的一致。最令唐輔納悶的，是他們沒一個能說出令唐輔心服的原因，為甚麼肯付這個價錢參與這場行動。雖然最後他們賺了，可是在參加時他們都不知道是為了甚麼。

「有人問嘛。」

「自己無聊沒事做，手頭又有這個錢。」

「看來好像很有趣。」

都是他們的答案，總之就是沒啥特別原因去做。

「看來好像很有趣。」這是最多人說的答案，不論有多瘋狂有多無聊，只要有人覺得「看來好像很有趣」便會有人參與。

網路上，找一百個會覺得這事「看來好像很有趣」的人，原來比想像中容易。

唐輔掏出手機，他想告訴約翰暫時調查所知。

「一百間飯店的訂房，約翰你還很精力旺盛嘛。」唐輔調侃他之後，便告訴他調查結果。

「我也想有那樣的體力。」電話另一端傳來約翰的乾笑聲，他完全不知道信用卡被用來訂房的事，不過作為總裁，掏出信用卡買單是常有的事，要記下來的話，整個昆恩特斯團隊的人都有可能知道信用卡號碼，加上線上訂房是不會即時過數的，所以約翰不知道自己的信用卡被盜用了。「不過你是說，那些人完全不知事情的始末？」

「嗯，看來是被犯人利用了。不過十萬元的贖金，犯人實際上只拿到五萬八，其餘是其他人的報酬嗎？哼，這個綁匪也真公道。可是那為甚麼又要歸還那五萬八呢？」

「……」

「約翰？」

「唐輔。」約翰的聲音認真起來，可是唐輔卻有不好的感覺。「對不起，我搞錯了，這不是案件。」

「你說甚麼？」

「不是沒有案件嗎？看來你不用查下去了。我這邊還有一些工作要完成，我晚點過來你的辦公室，有甚麼事那時候再說。」

辦公室內，只剩下唐輔和約翰。

這裡不是約翰在A&B大樓頂樓的辦公室，而是唐輔在警局內的辦公室。沒有居高臨下的氣勢，看到的只是警局的停車場和對面大樓的燈光。

「就這樣？」

「拜託了。」約翰低著頭，語氣卻是十分堅定。

學生時代約翰有這樣求過自己嗎？應該沒有吧，他功課總比自己好，行為也從沒有甚麼差錯。唐輔看著窗外，終於下雪了，停車場都蓋了一層白，在燈光照射下，新雪總是會閃閃發亮。

晚上十點，約翰終於出現，對他們來說這不算晚，畢竟約翰和唐輔的工作時間都不穩定，唐輔也試過因為查案而要爽約。只是這次，從接到約翰的電話到現在，唐輔只能待在辦公室等。

「所以，就這樣？」

「對不起，用了你們這麼多時間，可是對方沒有收到錢不是嗎？」

的確，犯人已把一開始收到的五萬八歸還，對約翰來說，實際的損失只是四萬多。

「那被『綁架』了的資料呢？你也知道，檔案這種東西比嫁了的女兒更像潑出去的水，是怎樣也不能收回來的。」

「沒有資料被『綁架』。只是員工不小心存了在別的地方罷了。」約翰仍是一貫堅定的語氣，雖然是在說謊。

「你不希望找出讓你損失四萬多、還有這幾天讓你提心吊膽的混蛋嗎？」

「有人說，那些銀行大班，他們的工作就是聆聽市場上的歡樂音樂何時慢、何時停下來。」約翰走到窗旁，看著街上的行人。「唐輔，我還能聽到那音樂，音樂還沒有慢下來，我不能讓這歡樂的音樂因為我而停下來，你明白嗎？」

唐輔不是不明白，一開始約翰就想低調處理，為了不驚動昆恩特斯這大客戶。一旦成為案件，抓到犯人後便會進入司法程序，那樣不單昆恩特斯，全世界也會知道，A＆B守不住客戶的機密資料。更甚的，是讓公眾的焦點放在科研證券上。

「唐輔，我不想到你上司那裡提出這個要求。」

唐輔不希望約翰看到自己有點瞪大了雙眼，他明白約翰的意思，如果約翰向分局局長提出這個要求，便會有點投訴唐輔的意味。

這是對老朋友的語氣？

唐輔又再覺得，原來他們從來都不是甚麼肝膽相照的好朋友。

21

星期一，6：00PM。

確定那是牧野後，唐輔追了上去。他沒有在 A&B 大樓附近截住他，因為他不想給約翰看到。

走了兩個街口，唐輔終於叫住他：「牧野先生！」

「啊，是刑警先生，真意外。」隔了一個週末，而且已經下班，牧野看來比上星期精神多了。「在附近辦事？」

「不，我是來找你的。」唐輔留意到笑容從牧野臉上消失。

「甚、甚麼事？事件不是完結了嗎？約翰說這不是案件，他也不打算追究任何人。」

「嗯……約翰是這樣說的，那是因為他不想事情鬧大。可是如果他知道自己的下屬有參與其中那就另當別論了。」

「我不明白你的意思。」

「你忘了嗎？在公寓那幾天，我們可是調查過你們在約翰收到勒索信時的行蹤。你不在公司不是嗎？」

「我說過了，我去了老趙……那個珠寶商那裡。」

「我知道我知道。可是之後呢？」唐輔這樣一說，便看出牧野有點動搖了。「你不是直接回公司吧？」

那天牧野離開老趙的工作室後，回A&B前去了一間商務飯店。

「你問櫃檯你寄放的東西被提取了沒有。」

唐輔在整理調查筆記時發現這個的，當時調查太多方向太多情報，大家也對這個不以為意。現在知道犯人最初收錢的方法，竟然和牧野那天的行動如此吻合。

「可是你不是在最初那一百個人當中，你的角色究竟是甚麼？」唐輔步步進逼，牧野也一直後退。

「我、我不知道你在說甚麼！」像個撒野的孩子般，牧野發狂似的推開唐輔，沒料到牧野會這樣做的唐輔失去平衡跌在地上，也被自己行為嚇到的牧野立刻衝向地下鐵車站的方向，很快便消失在人群中。

「該死的！」

「不要小看白領啊。」一隻手伸出來扶起唐輔。

是植嶝仁。「要不要去喝杯咖啡？」

「栢克對昆恩特斯團隊的人，還有我，下了封口令。」植嶝仁帶唐輔到附近一所高級飯店大堂的咖啡店。

果然是有錢少爺，喝杯咖啡也要來這種地方，唐輔暗忖。

「說不能再提這件事，也不要對任何人談起。」

「其實我明白約翰的動機……」

「但是你不甘心吧？」植嶝仁打斷他的話。「怎麼說呢……那是警察的執著嗎？」

「其實你也一樣吧。」唐輔盯著植嶝仁的雙眼，植嶝仁也毫不避諱的看著他。「你也知道，事件還有很多謎沒有解開。例如……究竟是誰用你的手機發那勒索電郵。」

唐輔留意著植嶝仁，可是他卻看不出他有甚麼反應，犯人可是用他的手機發勒索電郵耶，為甚麼他好像漠不關心的？

「都過去了，總之我不是犯人就夠了。」

「那你想知道犯人是怎樣收錢的嗎？」

植嶝仁眉毛一揚，顯然他對這更有興趣。

唐輔攤開咖啡店的紙巾，在上面寫了一堆數字。「messedupangel和另外一百九十九人，每人付了四百八十元的K Points參與這次的遊戲，你從messedupangel那裡套到其中一個收了錢的人。」

植嶝仁點點頭，一直到這裡都是他知道的事。

「可是收了messedupangel那些人K Points的，不是二百人，而是一百八十人。」

「一百八十人？」看到植嶝仁的反應，唐輔感到自己終於佔上風了。

「嗯，二百人，每人付四百八十，總共是九萬六千元。那九萬六千元付給一百八十人，每人得五百三十三元。」

「那一百八十人是不是在之前有付 K Points 給另外一些人？」

這小子果然聰明。「他們每人付了五百元給一百六十人。」

唐輔在紙巾上寫上一個列表：

人數	每人付出	每人收入	總付出	總收入	每人利潤
100	$ 580	$ 672	$ 58,000	$ 67,200	$ 92
120	$ 560	$ 630	$ 67,200	$ 75,600	$ 70
140	$ 540	$ 594	$ 75,600	$ 83,200	$ 54
160	$ 520	$ 563	$ 83,200	$ 90,000	$ 43
180	$ 500	$ 533	$ 90,000	$ 96,000	$ 33
200	$ 480	$ 500	$ 96,000	$ 10,0000	$ 20

「一開始，犯人在 CHOK 的測試玩家中發電郵邀請參加這個聲援證券，參加費是五百八十元，竟然還真有一百人參加，之後那個人再發第二輪邀請，這次參加費是五百六十元，不過是用 K Points 付款。原來第二輪集資所得的錢就是付了給第一輪的參加者。如此類推。」

植嶝仁看著列表，然後向唐輔借他手中的筆，在旁邊加了一欄：

人數	每人付出	每人收入	總付出	總收入	每人利潤	回報
100	$ 580	$ 672	$ 58,000	$ 67,200	$ 92	15.86 %
120	$ 560	$ 630	$ 67,200	$ 75,600	$ 70	12.50 %
140	$ 540	$ 594	$ 75,600	$ 83,200	$ 54	10.05 %
160	$ 520	$ 563	$ 83,200	$ 90,000	$ 43	8.17 %
180	$ 500	$ 533	$ 90,000	$ 96,000	$ 33	6.67 %
200	$ 480	$ 500	$ 96,000	$ 10,0000	$ 20	4.17 %

「有了第一輪的15%回報，所以之後那幾輪的售賣也很受歡迎，雖然回報率越來越小，但最後仍然有二百人參加。哈，這根本就是龐氏騙局（Ponzi Scheme）嘛。」

唐輔也聽過龐氏騙局，聽起來是有巨額回報的投資，但其實是用後來投資者的資金作為回報給前一輪的投資者。

「就是這樣。而在玉米片盒內的字條，已經給了我們那一百個人的網名，省卻了我們很多時間。」唐輔驚嘆植嶝仁竟然用心算便可算出回報率到這樣精細的程度。「不過很可惜，第一輪的參加者付的是現金，寄放在飯店的櫃檯，因為事隔太久，飯店的人都不記得犯人的長相，只記得是個瘦削西裝男，監視器的錄像也沒有拍到有用的東西。」

「飯店……所以你找上了牧野。」

「嗯，可是他不在任何一輪的參加者名單中，這點我不明白……」

「對了，E商場呢？有沒有看過商場的監視器拍到的錄像？」

「當然有。」唐輔掏出手機，播放其中一段錄像。「這是其中一個指定地點。早在兩點鐘那些禮物袋便被放在那裡了，留意這個放禮物袋的人，他放下禮物袋後，便走到這個位置埋伏著。」他再播放另一段錄像。「你看這個，這個人跟著我的信鴿，而這裡，又有一個人盯著，萬一這個人跟丟了，他就可以補上。你知道這是甚麼嗎？這可是完全跟蹤術。就如我派出去的人所說，這些都是受過訓練的人。究竟是甚麼人，在背後策劃著甚麼？即使不想驚動昆恩特斯，約翰不會覺得不尋常嗎？」

「你是約翰的老朋友不是嗎？」植嶝仁嘆氣。「他是個說了算的人，他說不查下去就不查下去。」說著他示意侍應結帳。「對不起我有事要先走了。」

「植先生。」看來植嶝仁常常來，侍應竟然認得他。唐輔留意到他沒有付錢，而是在單上填上房間號碼。

「我那杯多少錢？」唐輔正要從口袋中拿錢包，植嶝仁當然阻止了他。

「不用了，只是一杯咖啡。當是你教我犯人怎樣收到錢的學費吧。」

「你住這裡？」

「不，我老爸來了，不過他今晚便走，晚點我要送他去機場，雖然只是司機開車。」

植嶝仁的老爸……不就是那個富豪？

「對了，你剛才說那些受過訓練的人，那是當然的，」植嶝仁回頭。「因為那些人是警察。」

22

星期二，8：00AM。

這是植嶝仁第一次到A&B這個樓層，石小儒的座位就在開放式辦公室差不多中央的位置。

「阿植？真難得。」石小儒剛從座位上站起來。「我們剛開完部門早會，現在要去買咖啡，來，我請你。」

「昆恩特斯那邊的工作，很忙碌嗎？」買完咖啡走回公司時，植嶝仁問。

「嗯，還好，他們剛看完我們提交的報告，並提出一些問題，暫時也不是太忙。不過還要準備董事會的報告，董事通過後便有得忙了。」

植嶝仁停下腳步。「我還以為妳會辭職不幹。」

石小儒高跟鞋的聲音停了下來。「甚麼意思？」

「如果我是妳，便辭職休息一會了。」植嶝仁走近石小儒。「對了，我老爸在剛過去的週末飛過來看我了。」

「是喔？看來令尊也不是如你所說的不重視你吧。」石小儒笑著別過頭繼續走。

可是植嶝仁追上去。「妳是不是應該向我道個謝呢？只是請這杯咖啡好像太小器了。」

「阿植，我不知道你在說甚麼。」

「我星期五和那叫唐輔的刑警見面了。」

她停下腳步。「如果你想說故事的話，我不介意聽。」

植嶝仁和石小儒走到美食廣場，因為是辦公時間，美食廣場只是零零星星坐著喝著咖啡談公事的人。

「本來我一直不明白，約翰付了十萬給二百個人，但是那些人和綁匪毫無關連，那綁匪是怎樣拿到贖款的？昨天我碰見了唐輔，他告訴了我原來綁匪早在三個月前已收了五萬八千元現金了。」植嶝仁跟著解釋綁匪在利用飯店收取現金，和怎樣利用下一輪玩家的錢來付給上一輪的玩家。

「嗯，綁匪已經提供了最初那一百個玩家，追蹤下去不難解開那手法。」

「唐輔問過那些飯店櫃檯，都說去取放有現金那信封的那個人是個穿西裝的瘦削男人。可是我認為，那是女人變裝的，而那個人，就是妳。」

「不是吧，你的想像力也太好了。」石小儒冷笑了一聲。「阿植，這個笑話不好笑。如果我是綁匪的話，那我為甚麼要歸還那五萬八？」

「這就是問題了，為甚麼綁匪要歸還那五萬八，還要提供那個名單給警方去調查？不，應該說，整個事件從一開始就有很多奇怪的地方……呃，就假設妳是綁匪吧：

「一、那天妳用妳自己的清涼照為餌，藉機拿到我的手機後順手偷了用來寄那勒索電郵。可是為甚麼會是我？我剛才看你們那層，有很多人也很不小心，離開座位時也沒有鎖上電腦，妳大可利用那些電腦去寄那電郵，為甚麼要那麼大費周章用我的手機？

「二、寄出電郵後，為甚麼妳還留著我的手機？如果給警方發現的話不是證明了妳就是犯人嗎？

「三、從寄出勒索信到交贖金的限期只有三天，可是昆恩特斯董事會議不是這個星期五嗎？那為甚麼要那麼趕？不能一直拖到這星期好能要求多些贖金？

「四、其實妳已經一早拿到五成多的錢，當 A&B 把十萬給了那二百人後，整個綁架其實也完成了，為甚麼還要我們去商場提取那五十盒『超健康玉米片』？

「五、既然妳要求我們去提取那些玉米片，為甚麼又會派人阻撓我們？

「六、聽唐輔說那些都是受過訓練的人，那些人究竟是誰？為甚麼一個女分析員能動員那些人？

「七、那些鬧鐘的意義是甚麼？真的是為了惡作劇？」

一口氣說完問題後，植嶝仁才喝了口已經涼了的咖啡。

「那麼多奇怪的地方？你還真是個問題青年耶。」石小儒笑說，但植嶝仁覺得她的笑容不大自然，當然了，聽到了自己提出的問題，表示只要能解開這些問題便能解開背後的真相。她是在怕自己已經解開了吧。

「本來我是不知道的，可是星期五和老爸見面後，我就明白了。」

植嶝仁看到石小儒的臉色一沉。

「妳真正要綁架的，不是昆恩特斯的財務資料，而是我。」

23

星期二，8：30AM。

「妳要綁架的，不是昆恩特斯的財務資料，而是我。」

當阿植這樣說時，我能做的，只有強裝鎮定。雖然我知道他一回家便會知道自己被綁架，但我壓根兒沒想到他那麼快把兩個事件串連起來。

「哈？我不明白你在說甚麼？我哪有綁架你啊？」這種時候，我一定要說點甚麼。

「從妳過往的經驗，妳知道為了不讓機密資料洩露，A&B很多時候都會要求員工留下不和外界聯絡，所以妳表面上是綁架了昆恩特斯的財務資料，但實際上是藉此限制了我們那三天的行動，妳就是這樣『綁架』了我。」

看我甚麼也沒有說，阿植繼續說下去。

「讓我先從最初開始吧，那個單身派對就是妳決定行動的關鍵。妳故意拼酒輸了要受罰，我想那個被綁的懲罰也是妳寫下的吧，妳的目的就是要拿到我被綁著的照片。

「上星期三妳刪除了內聯網內的檔案，那是甚麼資料其實不重要，反正任何資料也是機密。妳要拿我的手機，用來寄勒索電郵給約翰，確定約翰要求我們要『被困』在公寓後，妳便寄勒索電郵和我那被五花大綁的照片給我姑姐。妳給我家的指示和給栢克的一樣，都是要在指定時間登入郵箱看已經在裡面的電郵，這樣整個綁架過程都是自動的。不同的是，我姑姐沒有像栢克那樣提早打開了第一封郵件，當姑姐準時讀取第一封郵件時，裡面也同樣是空白的郵件，但接著她便收到綁匪的電郵說『恭喜你通過測試沒有偷步』之類的。我之後查過了，第一封郵件裡藏了個程式，打開後他會比對時間，如果提早的話，就會發訊讓那封警告電郵寄出。這和電郵中了病毒然後寄出奇怪的電郵給通訊錄的人同一原理。這有一個目的，便是讓我們以為綁匪是在某處坐在電腦前監控著。

「姑姐連絡不到我，加上電郵是由我的手機發出，我家便自然以為我真的是被綁架囉。她當然立刻連絡還和我家熟稔的馬奎，可是他每年這個時候去了多明尼加，這也是妳計算好的。和我老爸商量後，他們決定找在Ｒ市警局相熟的局長幫忙。Ｒ市警方第一件事就是去了Ａ＆Ｂ，可是阿祖只能說出我午飯時間過後便沒有再回公司，而因為ＩＴ部是行政部門，沒有人會想到要找栢克或是其他的高級副總裁。

「而妳要留著我的手機，因為往後那幾天妳繼續用它和我姑姐那邊連絡。電視劇也有看過，為了令對方乖乖付錢，總要知道肉票還安好吧，所以妳用我的手機拍下了我睡覺的樣子，那時在洗手間妳就是把我睡著的照片寄給我姑姐。還有雖然整個綁架是『自動』的，可是為防有任何突發狀況，妳留著我的手機，也隨時可以發訊出去終止所有行動。所以後來我把手機重設後，雖然已到達尾聲，但妳卻表現出更緊張，因為手機重設，妳便不能回頭了。

「因為整件事都是妳單獨策劃的，所以當我說有奇怪的電郵，妳都無動於衷，因為妳知道我在撒謊。而當唐輔說抓到在Ａ＆Ｂ大樓的同伙時，妳卻大為緊張，因為妳知道那些就是Ｒ市的警察吧，如果唐輔他們真的拘捕了他們的話，整件事便穿幫了。可是唐輔做多了，他說同伙已經招認，還打算供出同伙，那根本不可能發生，所以妳便看穿他們不是真的拘捕了那些可疑人物。

「在昆恩特斯綁架案中，妳只給Ａ＆Ｂ三天的時間，這也是妳能利用這案子『困住』我的極限吧，時間越久，我和昆恩特斯團隊在公寓的事遲早會給外面的人知道，栢克也要對其他高級副總裁、甚至是馬奎交代吧。還有，這個計劃能成功的關鍵，是因為Ａ＆Ｂ位處市中心，而收到我被綁架的消息的姑姐住在Ｒ市，兩地隸屬不同的警區，基本上河水不犯井水，兩個警局不會理會對方調查的案子，也不知道這兩宗事件的接點。妳可是拖得太久，這樣的大案一定會走漏風聲，所以妳一定要快速完成妳的綁架計劃。妳不能把計劃延後，因為只要Ａ＆Ｂ提交了報告給董事會，則任何人也有可能把資料流出，而不能肯定是Ａ＆Ｂ的責任，栢克也不會這樣要隔離所有關係人，而且妳知道，十萬是栢克能輕易調動到的金額，所以妳只有那麼不自然地要求三天後收贖金，而且還是這麼少的金額。

「不過妳很會權衡輕重。為了能全身而退，妳歸還了昆恩特斯那邊的五萬八贖金，這樣的話栢克的損失只有四萬多，和事件成為案子被公開比較，妳明白栢克一定會要求唐輔不再追究昆恩特斯資料被綁架的事。」

我努力叫自己要保持鎮定，這個阿植，我以為他只是會把家人告訴他的事說一遍，沒想到他竟然連原因也想到。看來他不是表面是宅男、實際是富家子那麼簡單，他的頭腦比很多分析員還要好。可是他說得沒錯，雖然我也知道那很不自然，幸好除了他以外好像還沒人發現。

「這個昆恩特斯綁架事件，除了在這三天把我『困住』外，還協助妳拿取交換我這個肉票的贖金。像我家這種財雄勢大，廣佈人脈的家族，妳猜到我姑姐一定會找這邊警方中的朋友幫忙，交付贖金的過程中一定會有警方的埋伏，所以妳不可能現身拿贖金。於是妳首先利用網拍要A&B付錢，再要他們去提取『買』了的『超健康玉米片』，其實就是要這邊的警方替妳去拿贖我的贖金，妳真行，還預先警告我們會有人來阻撓，讓警方自己人鬥自己人，而妳還在網上號召人穿成像『信鴿』一樣在地下鐵站混亂R市警方的視線，確保唐輔派出的人能安全的把贖我的贖金帶回來。妳要我家準備五十個掏空了的玉米片的小盒子，一邊貼上編號，一邊根據編號塗上指定的圖案，再在每個盒子裡面放一個調校了四點十五分會響的鬧鐘，而其中一個便放了贖金。A&B和唐輔他們只要聽到時鐘的滴答聲，再加上那段『4:15Caution！』的信息，不難讓人以為裡面的是炸彈而立刻撤離那辦公室吧。唔……我記得……妳可是最後一個在栢克的辦公室呢……」

「我的確是最後一個留在辦公室的人。」我不喜歡這種對答。「因為當時我高跟鞋的鞋跟斷了。」

「嗯嗯，可是也有可能妳是裝的不是嗎？總而言之，妳是最後單獨留在栢克辦公室的人。姑姐說綁架我的綁匪指示他們，在編號50的盒子裡放贖金。這也是妳一早預謀的吧，妳一早預備了一樣的、但裡面卻是放了鬧鐘的盒子，藏在約翰的辦公室內，這能讓在短短的一分鐘內，拿走編號50的盒子和妳預先準備好的盒子掉包。在唐輔那邊，以為五十個盒子裡的都是鬧鐘。」

「等等，你說其中一個盒子內的是贖金？那個小小的盒子可以放多少錢？一千元？」我冷冷的笑，阿植當然知道贖金怎樣放在盒子內，但是我一定要這樣說，要不然就是不打自招了。

「妳還要再裝嗎？大額的價值，能放得下那小小的盒子，可是卻像現金一樣的……」植嶝仁湊近我的耳邊。「是鑽石耶。」

我下意識往後縮，旁人看來大概以為我們在打情罵俏吧。

「妳要我家準備一百顆鑽石，而且對每顆鑽石的重量、淨度、成色和切工……呃，就是那所謂４C都有特定的要求，根據妳所要求的，全部一百顆的價值大約是五百萬。要在那麼短的時間得到這樣的鑽石，還要是特定的４C，即使是我家也沒有，所以他們便找了老趙——我家相熟的鑽石商。而巧合地，綁匪要求的都是有人在老趙那裡訂下，但還沒取貨的鑽石，老趙只好先調出那些鑽石給我家，聽說我家的人和警察去取石的時候，就剛好碰上了牧野呢。」

我沒有說話，我想知道他推理出多少。可是他只是盯著我，好像在等我說話。

「你的故事說完了？」我笑著問他。

阿植沒有作聲，這讓我有點意外，因為根據推理小說的邏輯，現在他應該是要我把鑽石交出來。

「小儒，我本來是想說，請妳把鑽石交出的。」

本來？對啊，這才是劇本應該走的方向，然後我會叫他捉賊要拿贓，他沒可能抓到我的把柄。

而且他很清楚，他不能把我交給警察。

「我老爸說不追究。」

我定睛的看著阿植。「我就知道。」

阿植的老爸，旗下的金融公司是全亞洲其中一個最大的科研證券發行商，也投資了不少在科研證券上。如果我被捕的話，CHOK的延期和它對科研證券的影響一定會被抖出，然後記者一定會抓著不放，到時候A&B和阿植老爸最擔心的事便會發生——投資者對科研證券失去信心，整個系統再一次停頓下來。我所做的，只是用一個騙局從另一個騙局中賺取好處。

「我老爸要我問妳有沒有興趣進他的公司，那些鑽石就當是契約金。」

這下輪到我呆住了，沒想到阿植的老爸會是這一號人物。「不單把朋友留在身邊，而且要把敵人留得更近？」我腦中出現阿植父親的樣子，果真和電影中的教父有點像。

阿植只是嘆了口氣，大概他不明白他老爸的用意吧。

「替我謝謝令尊，我在 A&B 還有很多東西要學。」我站起來。「而且，鑽石不在我手。」

我正要回公司時，阿植叫住我。

「證券！」

「誒？」

「像昆恩特斯綁架案一樣，妳用了同樣的伎倆。妳在事件發生前便已經收了錢了，而鑽石……已不在妳手上……因為那是那些『投資者』的回報！」

我向他微笑，那可是發自真心的欣賞。「真可惜，如果你早一點告訴我這故事的話，我一定會給你寄一張聖誕卡。很不巧，我昨天已把全部聖誕卡寄出了。」

「妳為甚麼要這樣做？」

我看著阿植。為甚麼他竟然會問這樣的問題？為甚麼他像那個刑警唐輔一樣？

「不為甚麼。」我冷冷的說。「因為這樣做看起來好像很有趣啊。」
然後我把還沒喝完、但已經涼了的咖啡丟進垃圾桶，留下一臉不解的阿植。

24

星期四，2：00AM。

確定未婚妻睡著後，牧野躡手躡腳的走下床，踮著腳步走到客廳。

沒有戒指，沒有花，沒有浪漫的場景，只是在家吃著外賣看著電視劇的時候，牧野淡淡對女朋友說：「我們結婚好嗎？」

牧野本以為女友一定會要他正正經經的再求一次婚，可是她竟然哭崩堤了，嘩啦嘩啦的抱著牧野哭著答應。早知便不用買那麼貴的鑽戒了，那時候牧野腦中第一個出現的念頭。因為在老趙那裡訂的鑽石出了問題，所以才沒有求婚的鑽戒。

牧野拿起在客廳中他隨手放下的那疊信件，並找出那個紅色的信封。

剛才拿信件時已注意到了，可是在未婚妻面前不能表露出來。因為信封上面有個記號，和邀請函上那個記號一樣。

那個鑽石證券遊戲。

幾星期前，牧野收到邀請，說知道他買了一顆鑽石，問他有沒有興趣參與和鑽石有關的證券遊戲，這個邀請只限於特別選出的人，只要把相等於他買那顆鑽石八成的現金放在一個小包裹內，然後寄放在指定的飯店櫃檯，並保證在數星期內必會有可觀的利潤。牧野知道對方不是普通的人，因為邀請函是直接寄到他家的，還寫上牧野的全名。

我是特別選出的人哪……牧野看到時是有點飄飄然，他在網上也看過、也玩過同類的遊戲，可是被邀參與這種菁英味那麼重的遊戲還是第一次。這個遊戲要相等於那鑽石八成的金額呢，可這證明不是一般人可以參加得起。

把放著現金的包裹寄放在飯店後，他也試過去查問包裹的去向，而一直也未被提取，這和他之前的經驗一樣，他也放下了心。直到上星期在老趙那裡遇上那件事後，離開時他想起這個遊戲，在飯店查問後發現包裹那時已被提取了。

牧野打開手中那紅色的信封，是一張聖誕卡，一看圖案便知道那是在特賣場很廉價那種。一打開，裡面貼著用電腦打字的語句：

「恭喜！閣下已經完成這輪的證券遊戲，現附上閣下的報酬。建議閣下把鑽石鑲嵌成首飾才賣出去。」

卡中有個位置凸了起來，那是用透明膠帶貼著一顆鑽石。

這鑽石看起來和自己買的那顆大小差不多哪，牧野邊用手機的燈光照著看邊想。他不敢開燈，怕會弄醒未婚妻。

雖然參加遊戲的錢是用銀行的信貸額的，但假設這鑽石的價值和自己買的那顆差不多，他付上了相等於八成的參加費，現在得回這顆鑽石，而遲些再從老趙那裡拿回原本買的鑽石，等於短短幾個星期便賺了百分之二十五的利潤。

牧野也不蠢，他決定會把老趙那顆鑽石變賣，而這顆就拿去鑲成戒指。究竟是誰在背後操縱這個鑽石證券呢？叫得證券就表示有很多投資者，背後的目的是甚麼？

還有，每個投資者也會這樣獲得鑽石吧，難道背後那個人是鑽石商？要不這些鑽石是怎樣得來的？牧野現在才去想，對方是怎樣得到自己的名字和連絡方法的？

「莫非……」牧野猛然想起，那天在老趙那裡，那本就這樣在工作檯攤開，寫著老趙每個客人名字，連絡方法和買了甚麼的筆記簿，還有那天上門找老趙拿鑽石的大漢……

他在掛在客廳的外套口袋找出那叫唐輔的刑警給他的名片，看著手中的手機，拇指在唐輔手機號碼的第一個數字的上方徘徊。

牧野並沒有按下去，他把名片丟進垃圾桶。然後喝了杯水，再爬回床上。

「親愛的？」他未婚妻還是被弄醒了。

「弄醒妳了？對不起。」牧野從後擁著未婚妻。「我去喝水罷了。」

「嗯。」女人轉過身來吻他。

牧野回應她的吻，女人雙手環繞在他的頸。

「我答應妳。」牧野握住女人的手按在自己胸膛上。「很快，這隻手上將會有一只閃閃生輝的戒指。」

女人微笑著再吻向他的脣。

第三屆「島田莊司推理小說獎」決選入圍作品評語

（本文涉及謎底與部分詭計，請在讀完全書後再行閱讀）

日本推理小說之神／**島田莊司**

這是一部發生在新時代的新型綁架犯罪小說。

專門開發家電產品軟體的企業 Quintess 正在推動一項家電產品和手機的技術結合的計畫，卻收到了自稱是 K Kidnaper 的人寄來的電子郵件，電子郵件中聲稱綁架了公司財務相關的機密資料作為人質，如果不希望公開資料，就立刻準備十萬美金的贖款。

這份財務資料和 T 市投資銀行 A&B 共同開發的 CHOK 有關，在警方展開調查的同時，A&B 資訊系統部的工程師植嶝仁和石小儒也獨自展開偵查，發現電子郵件是透過 A&B 公司內部的路由器寄出的。

能夠接觸該份財務資料的只有 A&B 公司的幾名高層人員，系統內的機密資料由多重防火牆保護，公司以外的駭客很難破解。交付贖款的日子就在兩天後，刑警懷疑是植嶝仁所為，植嶝仁則懷疑是石小儒內神通外鬼，勾結外人所為。

K Kidnaper 再度寄來電子郵件，說已經在拍賣網站上架了兩百件食品，要求他們去競標。競標的話，很難追查歹徒的下落，但歹徒的胃口真的這麼小嗎？十萬美金在T市甚至無法買到一間小公寓。

難道歹徒真正的目的並非金錢，而是機密資料外流，導致Quintess喪失信譽嗎？然後藉此操作股價嗎？一旦發生這種情況，將會對金融市場造成極大的影響，CHOK的開發企劃也可能夭折。

近年來，鋼筋玻璃帷幕的辦公大廈世界都是以電腦為中心，其中有很多比人命更有價值的資訊。這些資訊以高價進行交易，金錢的交易也透過網路世界進行，不再需要把紙鈔裝滿皮箱這種類比時代的落後交易手法，生意人不需要脫下高級西裝，只要坐在電腦前敲打鍵盤，就可以蒐集資訊，靠出售這些資訊賺錢。

於是，綁架的對象也逐漸現代化，不需要費心綁架那些會哭鬧，還要考慮到飲食和排泄問題的幼童，電腦內部存在的數字和文字中，出現了一群比人類的性命更值錢的資料，可以比綁架人類獲得更高額的鉅款，而且交易可以用電訊迅速完成。警方也不會躲在電線桿或是圍牆後跟監，而是必須進入充斥著龐大數字洪流的電腦世界辦案。作者在綁架犯罪結合這種趨勢的著眼點十分出色，當然也成為時代發展的必然趨勢。

既然人質不再是人體這種實質物體，綁架行為也變成了電腦上的訊號交錯，相關者共同擁有充斥著虛幻的假想概念，不存在善惡，也沒有人情。在這種無機質的激流中，人質是虛幻的，贖款和恐嚇的材料也和線上的符號等值。這種抽象性在現實的表層中，可以讓偵探和綁架案被害人的立場互換。

K Kidnaper向警方呈現的犯罪故事只是幌子，背後隱藏著另一個計畫。歹徒掌握的人質並不是機密資料，而是可以自由活動，並在偵查第一線當偵探的植嶝仁。植嶝仁是一家資本額龐大的投資公司老闆的兒子，他父親的公司也和CHOK的投資信託有關。

綁架案發生前不久，植嶝仁在Quintess派對上喝得酩酊大醉，在餘興節目中，被人拉到像是SM秀的舞台上，被人五花大綁後睡著了，這一幕被人拍了下來。歹徒把照片寄到植嶝仁的家中，謊稱是他遭到了綁架，以此威脅他的父親。

植嶝仁為了調查Quintess的這起資訊綁架案忙得焦頭爛額，斷絕了和外界的聯絡。K Kidnaper偷走了植嶝仁的手機，並利用這段期間，用偷來的這部電話和他父親聯絡。

電腦專家認為，本作品中所使用的金錢授受方法符合已經在日本出現的手機電子貨幣網購技術，沒有考慮到外界駭客「干擾」的這個計畫雖然不具備高度專業的水準，但仍然值得肯定，也許是因為如果是把外界駭客因素也考慮在內的縝密計畫，在向讀者交代技術方面的問題時，恐怕會變得很繁雜。

這部作品在一開始讓人以為綁架的對象不是人，而是抽象的機密資料，但之後的故事發展急轉直下，綁架對象變成了人，而且是偵探本身。在電子推理逐漸蔚為風潮的今日，本作品的驚人佈局堪稱出類拔萃，值得肯定。而且，誰都可以明確知道，故事發生在二十一世紀，這個前衛的著眼點也值得肯定。

然而，這種前衛的作風也有不足之處。先進的電子世界，和我們所生活的類比世界中仍然保留的散文式的手續、常識感性之間產生了乖離，這個犯罪計畫正是利用了偵辦人員（當然也包括讀者）無法擺脫舊世界的感性，於是，就和這種先進感性之間產生了落差，但是，既然是針對大眾所寫的小說，在披露計畫時，就必須在故事的發展過程中，隨時靠文字解說彌補這種落差。本作品對於如何在解說的同時，又不破壞急速增加的緊張感這一點，無法做到十分成功。在緊張逐漸進入高潮的後半段，展開了完全不觸及事件核心的冗長說明，這種寫作手法似乎有待商榷。

最後，植嶝仁識破某個人就是K Kidnaper，並詢問對方的動機。那個人說，自己的興趣並非金錢，也不是玩股票，更不想妨礙新商品的開發，「因為感覺很好玩」。

隨著資訊科技的進步而出現的虛無世界，消除了善惡和人情，使這句話充滿了真實性。

我是漫畫大王

胡杰 著

如果童年可以再來一次，
我不會去盪鞦韆，也不會去接近初戀的女孩，
我只想找回我所有的漫畫，不惜一切代價！

鐵霸王、微星小超人、無敵金剛、超人神童、假面超人，只要你叫得出名字，我就說得出有關他們的一切。想借少女漫畫？我也有。只要我想看，我爸爸願意幫我買任何漫畫，就算旁人都紛紛勸阻，就算媽媽為此氣到跑回娘家。那一天，許肥向我下戰書，說要來我家瞧瞧，比誰收藏的漫畫書多。贏的人就可以獲得把少女漫畫借給麻花辮班長看的權利；輸的人，從此就不許再接近她。我一定要贏。不，我一定會贏！直到打開家門之前，我都還是相信，我珍藏的漫畫會永遠陪伴著我，我深深信賴的人永遠不會背叛我。在悲劇降臨之前，我天真地以為，我會永遠都是班上最厲害的漫畫大王……

單純，詭計的方向性才會變得明確，讀者受騙時的衝擊才會增強，然而要構思出單純的詭計當然是很困難的作業。《我是漫畫大王》便是一部作者的大膽構想在細膩技巧輔助下昇華而成的作品，讀完最後一句的瞬間，你可能會感受到本格推理名作皆具備的「機關式」的魅力，陶然忘我；你也可能會啞然無言，不知所以然——我要再次強調，這是偵探缺席的作品，因此你會有什麼反應就全依你的閱讀力而定了。諸位讀者，請你們切勿大意，我也衷心希望你們能平安地從那神似莫比烏斯環的詭計迷宮歸來。

——推理評論家／玉田誠

見鬼的愛情

雷鈞 著

真是活見鬼了！
那具焦屍的ＤＮＡ，竟與「她」完全相同……

身為專業法醫，照理楊恪平應該早已對死亡視若平常，然而近來他的心理壓力卻升高到了極限！一連串變態殺人案陸續發生，每個被害者的死狀一個比一個悽慘——首先是脖頸套上繩索，被吊掛在大樹上的大學女生；接著是頭部不翼而飛，倒臥在血泊中的年輕老闆娘；再來是遭人溺斃，臉部被黏上層層詭異髮絲的長髮女子；最後則是戴著十字架項鍊，被焚燒得焦黑不可辨識的無名女性。這幾具女屍讓他感到莫名的恐懼，彷彿有一道道黑影試圖將他吞噬殆盡。正當調查陷入困境，楊恪平在平時常去的酒吧巧遇了一名有些眼熟的女人。第一次見面，那女人就緊盯著他，幽幽地說：「在你身上，有不乾淨的東西。」一連日來的不安彷彿有了答案，決心釐清真相的楊恪平與她約在「竹語山莊」碰面，豈料人們一聽見這個地方便臉色遽變！他開始懷疑，自己能否從這場「約會」中全身而退？……

《見鬼的愛情》是一部獨特的處理到「鬼」的推理小說。有趣的是，它不僅為小說中的屢次「見鬼」找到「合乎科學」的解釋，而又保留了「鬼的存在」的真實可能。作者在寫作上似乎也是老手，筆調輕快明朗，角色鮮明飽滿，結構也層次分明，讀起來節奏分明，毫無澀滯，充滿閱讀享受，是大眾文學當中的秀異之作。

——PChome Online董事長／詹宏志

第一屆【島田莊司推理小說獎】決選入圍作品

首獎作品

虛擬街頭漂流記

寵物先生—著

西元二〇二〇年，政府委託一家科技公司，以二〇〇八年的西門町為背景，開發一個「極真實」的虛擬商圈VirtuaStreet。沒想到在最後測試階段，設計者大山和部屬小露竟看到了一具趴在街角的「屍體」！警方調查後發現，死者是後腦遭重擊而亡，然而，現實世界裡的陳屍地點是一個從內反鎖的房間，虛擬世界裡也找不到任何兇器。更怪的是，系統顯示案發當時，VirtuaStreet 內只有死者一人……

冰鏡莊殺人事件

林斯諺—著

知名企業家紀思哲收到了怪盜 Hermes 的挑戰書，上面不但言明將盜走他收藏的康德手稿，甚至還大膽預告下手的時間。紀思哲決定親手逮捕這個囂張挑釁的 Hermes，並邀請眾多賓客來到他位於深山中的別墅「冰鏡莊」，其中也包括業餘偵探林若平。預定的時刻終於來臨，但 Hermes 不但沒現身，珍貴的手稿也好端端地放在桌上。就在眾人以為是開玩笑之際，一具具的屍體卻陸續被發現了……

快遞幸福不是我的工作

不藍燈—著

常有人問他，「情歌快遞」究竟是什麼工作？他通常回答不出來，就像他現在瞪著眼前的屍體一樣，一整個無言！一個赤裸女人的頭破了個大洞，斜躺在按摩浴缸裡，血和腦漿流得全身都是……這個死狀悽慘的女人被警方抬了出去，他也被當成頭號殺人嫌疑犯，扭送到警局去了！阿騶只好找來頭腦冷靜、思緒縝密，還是法律系高材生的好友 Andy 來救命……

第二屆【島田荘司推理小説獎】決選入圍作品

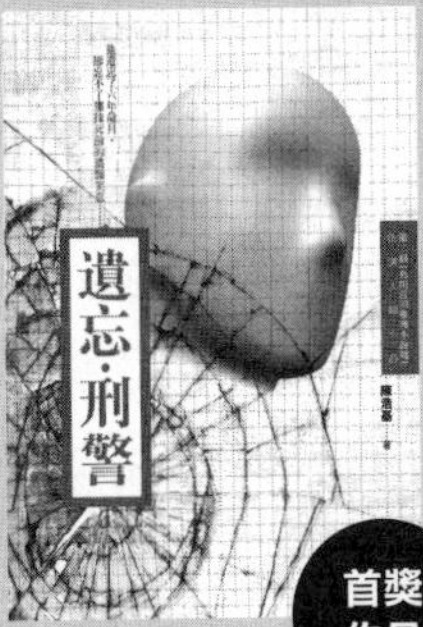

首獎作品

遺忘·刑警

陳浩基—著

我從睡夢中驚醒，頭痛欲裂，完全記不清自己昨天的行蹤，發生在東成大廈的雙屍命案卻漸漸清晰成形：一個狂暴的丈夫殺死情夫和情夫的懷孕妻子。當我掙扎起身去上班，才驚覺今天竟然是 2009 年——我明明記得現在是 2003 年，命案才發生了一個星期啊！難道……我失去了六年的記憶？一位女記者為了這宗「陳年舊案」跑來找我，並決定和我聯手重新展開調查。然而我卻發現，我跟案件之間有著不可告人的秘密……

反向演化

冷言—著

當人氣紅星關野夜衝進門時，冷言還以為她跑錯了地方。直到一張詭異至極的照片出現在眼前，他才確定「相對論偵探事務所」有案件上門了！那張照片拍攝於沖繩附近的鬼雪島上，岩洞中竟探出半個類似人頭的東西！關野夜的節目打算到此錄影，因此想找冷言去解開照片裡的謎團，她還曾收到署名「地底人」的威脅信，警告她不要來到島上。而隨著勘查開始，果真有人受傷、從密閉洞穴中消失，甚至被殺害！真的有「地底人」嗎？或只是有人故佈疑陣？

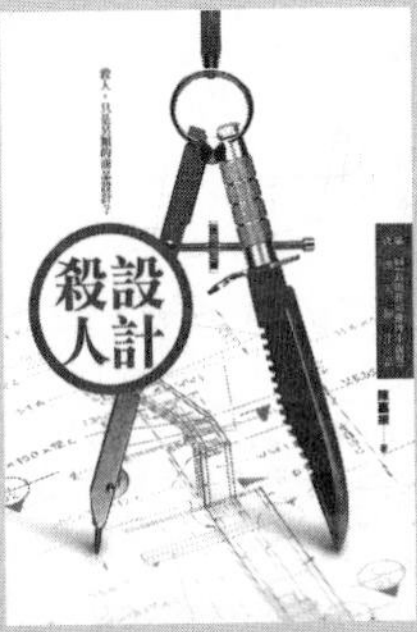

設計殺人

陳嘉振—著

員警周智誠永遠忘不了看見女友屍體的那一刻，他不敢相信「奪命設計師」竟會介入他的人生！這個殺人魔之所以被稱為「奪命設計師」，是因為他每次都會在死者身上刻下一個 S 形刀傷。或許在他心中，殺人就像在做設計，每個成果都要留下「簽名」。警方找來心理學家姜巧謹協助周智誠，兩人終於發現所有被害者都與「創迷設計」公司有關。是私人恩怨所引發的報復？或者，背後還有更精巧細密的「設計」？

國家圖書館出版品預行編目資料

逆向誘拐 / 文善著. -- 初版. -- 臺北市：皇冠, 2013. 9 [民102]. 面; 公分. --(皇冠叢書; 第4340種) (JOY; 160)

ISBN 978-957-33-3018-9 (平裝)

857.7　　102016152

皇冠叢書第4340種
JOY 160

逆向誘拐

作　者—文善
發行人—平雲
出版發行—皇冠文化出版有限公司
台北市敦化北路120巷50號
電話◎02-27168888
郵撥帳號◎15261516號
皇冠出版社(香港)有限公司
香港上環文咸東街50號寶恒商業中心
23樓2301-3室
電話◎2529-1778　傳真◎2527-0904
責任主編—盧春旭
責任編輯—張懿祥
美術設計—王瓊瑤
著作完成日期—2013年2月
初版一刷日期—2013年9月

法律顧問—王惠光律師

讀者服務傳真專線◎02-27150507
電腦編號◎406160
ISBN◎978-957-33-3018-9
Printed in Taiwan
本書定價◎新台幣250元/港幣83元